KB176084

우리는 어떤 존재인가

詩夢文學

2024년 통권 제8호

중국조선족시몽문학회

中國朝鮮族
詩夢文學會
Smong

편집진영:

편집주간, 발행인: 김현순

교　정: 김은혜

설　계: 백천만

中國朝鮮族詩夢文學會 조직구성:

회　　장: 김현순

부 회 장: 윤옥자, 조혜선, 김소연,

사무국장: 김소연(겸임)

駐韓國支會長: 신현희

사무차장: 박명순

이　　사: 황희숙 권순복 김경애 류송미

편집부 주소:

中國吉林省延吉市建工街開發區水晶嘉園 4-3-602

연계방식―

사무실: (86) 0433-832-1123

핸드폰: (86) 186-0433-1682

우편번호: 133000

E-Mail : smong68@163.com

詩夢文學

(2024년 통권 제8호)

詩夢文學

2024년 통권 제8호　　편집주간, 발행인: 김현순

상징시 연구논문

복합상징시 Conner

교정: 김은혜, 설계: 백천만

詩夢文學

2024년 통권 제8호　　21세기를 숨 쉬는 조선족 지성문학지

『詩夢文學』

본 책자는 중국조선족시몽문학회에서 펴내는 종합문학잡지로서
중국조선족문학의 한 면모를 살펴보는데 크게 유조할 것이다.

복합상징시의 가능성과 존재이유

■ 김현순

중국 조선족詩夢文學會 회장
순수문학지 「詩夢文學」 편집주간, 발행인

1. 복합상징시에 대한 정의

복합상징시란 상징의 복합조합으로 화자의 영혼경지를 그려낸 시 문학작품을 가리킨다.

인류사회에 문명이 개입되면서부터 인간은 상징을 동반하였고 그 것은 예술로의 승화를 거듭해왔다.

자신의 심성에 걸맞는 인간의 표현은 단순한 직설로부터 은닉, 굴 절, 에두름의 표현을 곁들여가며 자신의 품위를 높이게 되었다.

가령 함께 식사를 하다가 불시에 뒤가 마려워 화장실에 잠간 다 녀오고 싶을 때 사실 그대로 직설하여 버린다면 우아하지 못하다.

그럴 땐 "잠간 실례하겠습니다만 화장을 고쳐하고 오겠습니다."라고 표현한다면 장소의 분위기를 흐리지 않을 수 있는 것이다.

언어의 생성과 더불어 상징의 개입은 인류문명을 날로 높은 차원에 끌어올리고 있다. 인간은 언어와 기호를 통한 정감세계를 세상에 전달함으로 하여 공감의 세계를 열어가고 있는 것이다.

위에서 언급했다 싶이 상징은 문명에로 통하는 건널목이며 그것은 예술로 승화되는 지름길이기도 하다. 상징은 세상으로 하여금 심미적 자극을 느끼게 하며 그것은 또한 흥분을 오르가슴에 끌어올리는 필수적 계기로도 된다.

상징예술을 통한 아름다운 자극 속에서 향수를 누리게 하는 것, 그것이 예술의 사명이다.

복합상징시는 상징들의 복합적인 조합으로 이루어지는데 여기서 제기되는 상징은 이미지로 표현이 된다. 이미지에는 기성이미지와 변형이미지가 있는데 여기서는 변형이미지표현으로 그 사명이 실현된다.

화폭의 이미지, 소리의 이미지, 감각의 이미지, 스토리이미지, 이념의 이미지, 선율의 이미지… 등 각종 이미지의 유기적인 조합은 화자의 경지를 그려 보이는데 무조건 언어라는 기호를 통하여 구성된다는 것이다. 때문에 시는 언어로 펼쳐 보이는 화자 영혼의 그림이라고도 하게 되는 것이다.

고대 그리스의 철학자이고 소요학파의 창시자이며 서양고전시학의 분수령을 이룬 아리스토텔리스(B.C.384~B.C.322)는 시는 이미지로 감동을 안겨주는 언어예술이라고 하였으며 스위스의 언어학자 소쉬르(1857~1913)는 "언어기호학"에서 시는 언어라는 기호로 펼쳐 보이는 화자 정감의 화폭이라고 말한바가 있다.

그러나 붓끝에서 그려지는 경지는 시인의 실재로 존재하는 현실세계가 아닌 현실 밖 또 다른 현실 즉 가상세계인 것이다.

복합상징시에서 다루어지는 그 가상세계는 단지 변형으로 이루어진 이미지들 조합이 아닌 환각의 무의식 공간 즉 무아경에서 영혼이 점지해주는 계시를 이미지로 전환시켜 그것을 다시 변형이미지의 조합으로 세상에 펼쳐 보인다는데 그 의의가 있다.

때문에 복합상징시는 그냥 상징들 복합조합이 아닌 영혼의 경지를 팝아트(1950년대 후반에 미국에서 일어난 회화의 한 양식)의 기법으로 펼쳐 보인 예술이라고도 할수 있다.

복합상징시가 국제적으로 새로운 유파로 두각을 내밀 수 있게 된 근거는 진화론과 해체론, 상태론과 구조론에 기초를 두고 있으며 이 차원異次元 영혼의 경지를 다룬다는 데서 그 의미를 지니고 있다고 해야 할 것이다.

2. 환각으로 펼쳐 보이는 영혼의 계시

인간에게 있어서 오감五感은 세상을 인지해나가는데 있어 필수적인 요소로 된다. 하지만 이 오감 외에도 인간은 예감에 대한 중시를 자고로 멈추어 본적이 없다.

미지의 세계에 대한 추측은 예감에 의하여 이루어졌으며 이것은 무속현상으로 그 양상을 드러내기도 하였다.

정신분석학의 창시자인 오스트리아 프로이트(1856~1939)는 그의 저서 "꿈의 해석"에서 인간의 본능은 잠의식의 표현이며 꿈은 현실에 대한 재연 또는 미래에 대한 예측의 기능을 가지고 있다고 피력하였다.

그렇다면 그 꿈은 어데서 오는 것일까. 그것은 인간의 영적 자기마당에서 보내주는 에너지가 환각의 계시로 전달되는 것이다. 그 계시는 또한 내함의 직설로 전달되는 것이 아니고 변형의 양상으로 전달을 이룩하고 있다. 그럼 그것은 또 왜 변형의 전달이어야 하는가? 그것 또한 수수께끼가 아닐 수 없다.

조선 선조 때의 학자 토정 이지함 선생(1517~1578)은 토정비결에서 총론 전부를 알쏭달쏭한 상징으로 펼쳐 보이고 있다.

이를테면 "천뢰무망天雷無妄" 괘에서는 이렇게 말하고 있다.

막근시비莫近是非, 세우동풍細雨東風, 허화만발虛花滿發. 입시구록入市求鹿, 불견두족不見頭足, 일인경지一人耕地, 십인식지十人食之

이걸 그냥 보면 무슨 뜻인지 해독하기가 어렵다. 직설이 아닌 상징이기에 그 뜻은 오랜 경험을 누적하였거나 지적인 사람만이 가려볼 수 있게 된다.

자고로 앞날을 예측하거나 우주의 비밀을 제시해주는 계시는 다 이런 식의 은어隱語를 사용하는 것이 관례로 되고 있다. 그것을 꼬치꼬치 캐어묻자면 "천기누설 하면 안 된다"는 게 답이었다. 무속인들은 그냥 뇌리에 비친 계시를 그대로 전달하기 때문이란다.

그럼 왜 그렇게 되는 것일까.

인간은 왜 허다한 수수께끼 세상에 갇히어 사는 존재가 되는 것일까.

인간은 어데서 왔으며 또 어데로 가는 것인가. 육체에 영혼이 부착되어 이 땅에서 육신의 생명이 끝나는 순간 영혼은 또 어데로 가는가.

이와 같은 수많은 물음을 해독하고 터득해가는 것이 인생이기도 하다.

그 깨달음은 세상이라는 보이지 않는 커다란 질서에 의하여 계시를 획득하는 것에서 이루어진다. 누가 그 계시를 던져주는 것인가. 영혼인 것이다.

각자 육체에 부착되어있는 영혼은 이 세상의 질서를 부단히 환각의 양식으로 인간에게 비춰 보이고 있다. 하지만 인간은 그것을 홀시하거나 아예 무시해버리는 경우가 많다. 시시각각 환각으로 그 양상을 드러내는 영혼의 계시, 그것에 대한 포착과 그것에 대한 영감(영혼의 감각)의 가르침에 따라 거듭되는 재조합 과정에서 새로운 질서를 찾아내는 것이 바로 깨달음인 것이다.

그렇게 획득한 깨달음은 언어를 통한 시인의 작업을 통하여 이제 곧 세상에 예술로 펼쳐지게 되는 것이다.

3. 변형의 미학과 자극을 통한 공감대의 형성

진화론의 선구자의 한사람인 영국의 의사이며 철학자인 다윈은 (1731~1802)은 그의 저서 "종의 기원"에서 생물의 진화는 외계의 직접적인 영향에 의하여 변화하는 것이 아니라 생물 내에 있는, 외계의 변화에 반응하는 힘에 의한다고 주장히고 있다.

무릇 모든 생명체는 한 개 모식에 오래 머물게 되면 그에 대한 진화내지 탈변을 꾀하게 마련이다. 만물의 영장으로 불리는 인간 역시 그 법칙에 순응하면서 낯선 것에 대한 집착으로 거듭난다. 옆집 각시가 더 고와보이고 옆집 김치가 더 맛있어 보이는 이유가 바로 그런 것에서 비롯된 것이라 하겠다.

낯설게 하기 위함은 예술에로의 승화를 위한 지름길이다. 그렇게 하기 위해서는 변형이란 대명사를 언급하지 않을수 없다.

변형이란 모양이나 상태의 변모와 성질의 이변을 통 털어 이르는 대명사이다. 즉 변형과 변질의 대명사이다.

시창작에서의 이미지변형은 언어의 낯선 조합으로 이루어지며 낯선 조합은 언어자체가 지니고 있는 언어 밖 기능에 대한 발굴에서 비롯된다.

언어 밖 기능에 대한 실현은 기성된 언어의 질서와 관습적 조합의 파괴와 해체적 작업으로 그 가능성이 부여된다.

하이퍼시 창시자인 한국 문덕수시인(1928~2020)의 "현실과 초월"의 핵심내용이거나 1924년 "초현실주의 선언"을 발표하여 초현실주의 운동을 주도한 프랑스의 시인(1896~1966) 앙드레 부르통의 자동기술법도 현실초탈의 낯선 경지를 구축하기 위함이라 해야 할 것이다.

이른바 파편문학, 해체문학의 양상으로 거듭나있는 일명 다다이즘과 포스터모더니즘 역시 현실초탈의 이념 하에 대두한 유파라고 해야 할 것이다.

파괴와 해체작업으로 기성된 룰을 깨버리고 그로부터 새로운 질서를 낯설게 재구성하는 구조적작업, 그러나 현실에 대한 파괴와 해체적사유가 아닌, 환각의 계시로 전달되는 영혼의 경지에 대한 재조합의 구조적작업이 기성의 초현실주의시와 구별되는 복합상징시의 주되는 특점이라고 역점 찍지 않을 수 없다.

이렇게 형성된 시인의 가상세계는 세상에 아름다운 자극을 펼쳐보임으로써 공감대를 형성하며 나중엔 예술로 승화되는 것이다.

4. 언어조합에서의 유망流氓기법과 선율의 흐름

지난 세기 80년대 중국에서는 "감각에 따라 걸으라跟著感覺走"라는 노래가 성행되었다. 감각이란 영혼의 느낌 즉 영혼의 감각에 따른다는 말이다.

인간은 무슨 일을 할 때 감각에 따를 때가 많다. 내가 무엇을 꼭 하겠다는 인위적인 경우를 벗어나 그냥 감각에 따라 일을 행할 때가 많다.

허다한 창조는 인위적인 것이 아닌 감각에 따른 우연한 행위에서 비롯된다.

중국 진나라 때 도사들이 진시황의 장생불사약을 만드는 과정에 우연히 화약이 발명되듯이, 미국의 발명왕 에디슨(1847~1931)도 우연 속에서 수많은 것들을 발명해냈던 것이다. 인간이 미리 알고 행하는 것은 결코 발명창조가 아니다.

예술로서의 시 창작은 언어의 기능을 발굴하여 새로운 화자의 경지를 창조해내는 것이다. 거기에 창작의 의미가 깃들어 있는 것이다.

언어의 기능을 어떻게 발굴할 것인가. 그것은 언어들의 자유로운 조합을 통한 거듭되는 구조적 작업을 거쳐 새로운 경지가 서서히 모습을 드러내게 된다.

프랑스 철학자 질 들뢰즈(1925~1995), 피에르 펠릭스 가타리(1930~1992)가 「천개의 고원」에서 수목 이분법으로 주장하는 이좀의 원칙온 세상만물의 존재형태에 대한 양상의 발로이기도 하다.

인간이 사용하고 있는 언어 역시 독립적인 글자와 단어들의 상태로 그 존재를 드러내고 있는데 이러한 글자와 단어들은 자유로운 조화를 이루는 속성을 지니고 있는바 그것들의 조합은 영혼의 계시에 따라 수천만 개의 이미지로 변형의 마술을 일으키게 된다.

독일 출신 유대계 스위스-미국 국적의 물리학자 아인슈타인(1879-1955)의 상대론에 따르면 양자역학에서 세상만물은 상태의 각이한 변화에 따라 그에 따르는 내함과 뜻이 절로 흘러나온다고 하였다.

복합상징시에서는 인간의 인위적인 의도나 행위를 벗어나 언어들의 자유로운 조화를 실행해 가는데 이것을 유망(流氓)기법이라고 한다. 유망기법은 마음이 가는대로 해야 한다. 마음은 곧 영혼의 계시

14

에 따라 생성되므로 시는 시인이 쓰는 것이 아니라 영혼의 계시를 받아 적는 것이라고도 할 수 있다. 환각으로 떠오르는 이미지의 조화로운 조합 역시 영혼의 계시에 따라야 함은 더욱 자명한 이치이다. 그렇게 구성된 이미지가 세상에 일으키는 공감대는 화자의 영혼경지 질량의 차원과 직접 정비례 된다.

언어의 자유로운 조합이라 하여 아무렇게나 마구 갖다 붙여서는 안 된다. 예술로서의 시는 지구에 거주하는 인간에게 보여주는 것이기에 인간이란 인지능력의 한계를 벗어나서는 안 된다. 인간은 잠자리처럼 눈이 수백쌍이 있는 것도 아니고 한 쌍의 눈만 가지고 있기에 세상을 바라보는 데엔 물리적 한계를 가지고 있다. 그러므로 인지가능의 범주에서 적당히 고려하여 화자만의 영적경지를 펼쳐보여야 한다.

여기엔 언어조합으로 이루어지는 선율의 흐름을 짚고 넘어가지 않을 수 없다.

선율의 흐름은 문맥과 리듬의 흐름을 토대로 전반 시작품에서 내재적으로 흐르는 음악의 효과를 뜻한다. 자유로운 언어조합과 이미지조합에서 흘러나오는 뉘앙스의 흐름새가 유연하고 아름다워야 한다. 이른 아침 새들의 지저귐이 듣기 좋은 것은 그 선율의 흐름새가 유연하고 자연스럽기 때문이다.

5. 복합상징시의 전망

시의 개념정립은 시초부터 지역마다 각이하지만 대체로 화자의 정서를 언어의 수단을 빌어 형상적으로 보여주는 예술이라는데 초점이 모아지고 있다. 따라서 시의 유파도 각이한 시대를 거치면서 수없이 생성되기를 거듭해왔는데 크게는 리얼리즘계열과 상징주의 계열로 나뉘어져있다.

초현실주의 상징주의계열로서의 복합상징시는 포스터모더니즘의 후속작업으로서 현실에서 탈피하여 가상세계에서의 환각으로 흐르는 신질서를 찾아 그것을 다시 변형이미지로 낯설면서도 아름답게 펼쳐 보이는 신형 유파의 미래지향적인 신체시라고 말할 수 있다.

복합상징시는 중국 연변에 거주하는 김현순 시인에 의하여 새롭게 창시된 것인데 초기의 일부 작품은 쓰레기로 세상에 낙인찍혀있다. 오늘날 한국 각 서점가에서 발행되고 있는 「복합상징시기획시리즈시집」, 「김현순의 복합상징시집」, 및 함께 탐구로 거듭나는 복합상징시 동인들 작품들이 더러 쓰레기로 전락된 것도 지극히 자연스러운 일이라 해야겠다.

성경에 "내 오늘은 비록 미비하지만 내일은 심히 창대하리라."라는 말이 있듯이 복합상징시 역시 탐구와 노력의 진통과정을 거쳐 점차 완미한 유파의 신형시로 자리매김 하게 될 것이라는 기대를 가져보는 바이다.

멀지 않은 장래에 복합상징시가 한반도를 중심으로 전 세계에 널리 파급되리라는 신념 하나만으로 복합상징시 동인들은 오늘도 다가오는 내일을 숨 쉬고 있다.

이상으로 "복합상징시의 가능성과 존재이유"에 대하여 나름대로의 견해를 피력하였다. 국제 한민족문학대동맥에로의 합류를 꾀하는 중국 조선족시몽문학회의 밝은 앞날에 악수를 보낸다.

상징시창작에서
상징의 모호성과 애매성

■ 윤옥자

중국 조선족시몽문학회 부회장
순수문학지 「시몽문학」 편집위원.

「들어가는 말」

인류는 탄생 초기부터 식욕과 성욕을 위해서는 아무런 거리낌 없이 그 속심을 표출하고 그것의 실현을 위해서 목숨마저 불사하지 않았다. 후에 집단적으로 생활하면서 공동의 이익을 위한 규제가 생겨났고 그 앞에서는 자신의 욕구를 감춰야만 했다. 그리하여 상징은 인간과 동물이 구별되는 아주 절실한 인소로 자리 잡게 되었는바 그 존재를 인류는 문명의 체현이라 부르게 되었다.

상징주의는 유럽 중세에 본격적으로 흥행한 사조라 할 수 있을 것이다.

현실을 초탈하여 현실 건너의 것을 화자의 심성에 맞게 이미지로 펼쳐 보이면서 낯선 질서의 아름다운 감동을 구축해가는 것이 바로 상징의 기본 핵심이라 생각 한다.

여기에서 이미지란 화자의 상상력에 의해 모사해낸 언어의 그림 이다. 이미지는 여러 가지 상징적 관계를 만들어 분화되고 확장하는 기능을 실행해간다.

상징시는 현실을 그대로 전달하는 글이 아니라 현실건너에 숨겨 진 가상의 세계를 은유나 상징을 통해 이미지로 세상에 보여주는 글이다. 때문에 상징시는 필연 애매성과 모호성을 동반하게 마련이 다.

인간의 내면세계는 수많은 환각과 무의식으로 충만 되어있다. 인 간은 그 낯선 질서의 감동을 변형이미지조합으로 자신의 경지를 구 축해가고 있다.

오늘날 시를 읽는 방법과 쓰는 방법이 예전보다 판이하게 달라진 것은 글로벌 시대를 살아가는 인간의 미학적 욕구로부터 초래되는 것이라 하겠다.

단순상징으로부터 복합상징의 열린 삶을 누리고 있는 인류에게 모호성과 애매성은 세상을 살아가는 향수이며 지혜로 되고 있다. 이 것은 상징시창작에 애쓰는 시인들에게 있어선 더욱이 고취하여야 할 자세라고 필자는 인식하고 있다.

1. 기표와 기의

스위스의 언어학자 소쉬르는 "언어의 기호학"이란 저서에서 기표 記標와 기의記意는 기호의 근본을 이루는 두 성분이라고 하였다. 기표 는 기호의 지각 가능하고 전달 가능한 물질적 부분으로서 그것은 소리일 수도 있고, 표기일 수도 있고, 한 단어를 이루는 표기의 집합일 수도 있다고 하였다. 기의는 이와 대조적으로 독자나 청자의 내부에서 형성되는 기호의 개념적 부분으로서 기표와 기의의 관계는 기호 속에 표상되어 있는 외부 현실에 좌우되지 않으며 그것은 오히려 자의적이고 관습적인 것이라고 하였다.

이를테면 '나무'라는 낱말 하나를 놓고 볼 때 문자 자체는 기표이며 그 '나무'라는 문자의 의미, 혹은 그 문자의 발화를 듣고 (혹은 발화하면서) 머릿속에 떠오르는 개념은 기의라고 할수 있다. 이처럼 기표에 기의가 결합되어 기호로서의 단어 '나무'가 된다.

여기에서 기의는 또 다른 이미지를 연상시켜주기도 하는데 그렇게 생성된 이미지가 바로 상징으로 그 의미를 실행해 나가는 것이다.

시 쓰기에서는 특히 상징시쓰기에서는 더욱이 요즘 새롭게 출범한 복합상징시 쓰기에서는 기표보다 기의에 착안점을 두고 그것의 변형조합이 일으키는 역할과 기능에 대하여 인지認知되어야 할 것이다.

시는 현실 그 자체에 대한 복사내지 구사가 아니라 현실건너에 있는 가상의 현실을 구현해내는 것이라는 이치는 허다한 세월을 내려오면서 이미 정립된 바가 있다. 현실을 기표라고 한다면 가상현실은 기의에 속한다고 해도 될 것이다.

가상현실은 인간의 의식 속에 잠재된 기의라고 할 수 있다.

정신분석학의 창시자인 오스트리아 프로이트(1856~1939)는 그의 저서 "꿈의 해석"에서 인간의 잠재의식은 해수면에 드러난 빙산이 아니라 그 밑에 잠긴 커다란 빙산과 같다고 하였다. 시인의 작업은 바로 그 해수면 밑에 잠긴 빙산을 그려내는 간고한 작업이 될 것이다.

시의 예술적 표현기법으로서의 상징은 인간은 잠재의식 또는 무의식의 세계를 발굴하여 언어를 통하여 세상에 펼쳐 보이는 것이다. 이것이 바로 기의에 대한 노출작업이다.

2. 인간 내면의 정감과 그 너머의 것

일상에서의 인간의 정서활동은 언행을 통하여 표현되고 있다. 그러나 드러나지 않은 정서도 있다. 그것은 지층 밑에 끈끈히 흐르는 암장처럼 인간내심에서 굽이치며 해수면 밑의 빙산처럼 은폐되어있다. 은폐된 그 내면의 정서를 직설을 외면한 상징으로 펴 보이는 것이 시인의 작업이다. 이것은 삶의 외표에 드러난 기의건너에 존재하는 기의에 대한 발로이며 표출이기도 하다.

산을 바라볼 때 나무와 풀과 꽃과 이슬만을 본다면 현실에 대한 포착으로 인식해야 할 것이다. 그러나 시인의 사명은 현실에 대한 복사내지 스캔이 아닌 산의 언어와 산 너머 존재에 대한 투시의 기능을 발휘하여야 할 것이다. 즉 보이지 않는 존재에 대한 감각을 능동적 가시화작업을 거쳐 현실의 속성과 관련되는 변형이미지로 보여주어야 한다는 것이다.

왜 꼭 그렇게 해야 하는가. 예술로 승화시키기 위해서이다.

예술이란 인간에게 자극을 불러일으켜 흥분점을 유발시키는 것이라고 말할 수도 있다. 그에 이르기 위해서는 변형이 수요되며 그 변형은 아름다워야 하는 것이다.

이렇게 생성된 이미지들은 직관적 차원을 떠나 굴절, 변형의 모식 연장으로 되기에 세상에 던져주는 그림은 모호하고 애매할 수 밖에 없게 되는 것이다.

18세기 중엽 독일의 알렉산더 고틀리프 바움가르텐(Alexander Gottlieb Baumgarten)은 그의 저서 『미학』에서 진정한 아름다움은 적나라한 노출이거나 꽁꽁 감싼 은폐 보다는 적중한 반투명내지는 안개의 베일에 감춰진 보석의 찬란함이어야 한다고 지적하고 있다.

또한 중국 6조시대의 양(梁)나라의 문예평론가 유협劉勰 (465 ~ 521)은 그의 저서 "문심조룡"에서 시에서의 사상은 골수처럼 감추어져야 하며 시각 앞에 직접 노출되어서는 안 된다고 피력하고 있다.

이러한 모든 관점들은 시에서 화자의 내면정서는 그 표출시 모호성과 애매성을 동반해야 한다는 기본 법칙을 시사해주고 있는 것이다.

3. 애매성과 모호성이 안겨주는 미학적 자극

중국속담에는 "억지로 딴 과일은 맛이 없다強扭的果子不甜"는 말이 있다.

누구든 연애를 경험해보지 않은 사람은 없을 것이다. 연애초기, 서로 대방에게 사랑의 뜻을 선뜻 고백하지 못하고 알릴 듯 말 듯 매사마다 야릇한 언행으로 그 내심을 얼비추는 경우가 있다. 그러면 대방은 서로 그 뜻을 가슴에 새겨가면서 행복한 시각들을 꽃피우게 되는 것이다.

보일 듯 말 듯, 알릴 듯 말 듯 한 그 언행이 안겨주는 자극, 그것은 예술이라고 지칭하지 않을 수 없다. 그러한 발로는 기표를 통한 기의의 전달, 즉 상징으로 되는 것이다.

시 창작에서의 애매성과 모호성은 그리하여 독자들로 하여금 무한한 상상의 공간과 사색의 공간을 확장시켜주면서 나중에는 예술의 묘미에 깊이 빠져들게 하는 것이다.

4. 애매성과 모호성의 실천

애매성과 모호성의 실현을 위해서는 절제와 생략과 은폐, 은닉의 작업이 필요하다. 이런 작업은 변형이미지의 능동적 가시화를 통하여 세상과 공감을 이루면서 예술로 거듭나게 된다.

상징시창작에서의 애매성과 모호성의 이치는 더는 새로운 이론이 아니다. 하지만 시가 상품화로 전락되는 요즘 현실에서 다시 꼬집어 볼 필요가 있다.

시가 실용형이냐 순수예술이냐를 두고 시비도 무성하지만 순수예술로서의 시문학은 어디까지나 문학으로서의 그 사명을 깊이 지켜갈 필요가 있다.

이른바 글로벌시대에 진입하면서 더욱이는 폰 문화가 팽창하면서 세상은 갑작스레 짧은 편폭에 쉽게 읽혀지는 통속문화가 많이 보급되고 있다. 드바쁜 세월에 언제 그 내함을 음미하고 새겨볼 겨를이 있겠는가. 얼핏 스쳐보고 지나치는 행시, 디카시와 같은 통속문화, 통속시문학시대가 범람하는 마당에서 순수예술의 사명은 그래도 세월의 장단과는 상관없이 진주보석으로 그 빛을 길이 산발해가야 할 것이다.

상징시 창작에서의 애매성과 모호성, 이는 순수시문학창작에서 추호도 홀시할 수 없는 중요환절로 새롭게 부상되고 있다.

「나가는 말」

이상으로 필자의 천박한 견해나마 피력해보았다. 기탄없는 지적을 기대하는 바이다.

복합상징시코너

복합상징시코너

복합상징시코너

복합상징시코너

복합상징시코너

복합상징시코너

복합상징시코너

복합상징시코너

복합상징시코너

복합상징시 코너

복합상징시의 터전을 가꾸가는 시인들

김현순 윤옥자 김소연 조혜선 신현희

김경애 박명순 황희숙 권순복 강 려

신금화 류송미 신정국 이종화 이광일

권명호 최옥화 김희자 박문학 박은화

김 화

반야般若 (외 6수)

□ 김현순

구름 덮인 하늘 건너에 별찌 하나가 스쳐 지난다
또 누가 죽어 가는가 라고 하면서 그는 한탄했다
어둠이 반짝 또 반짝 눈 떴다 감았다 한다
하지만 뒷짐 진 여자의 가슴은 바람이 가려주고 있다
적막 흐르고 거짓말 같이 기억이 멱살 틀어잡는다
치마 펼쳐 겨울 덮는 둔덕에서
행진하는 글자들 반역
사랑했던 애자씨 그 이름도 얼어붙은 향기에
우윳빛 은어隱語 터치해간다
연민의 수틀에 사막 수놓는 바다의 언어
굼실대던 속칭마저 무지갯빛 터널 속으로
긴 해안선 밀어붙이고 있다 언약은 늘 미확정이듯

흐느끼는 새벽에 감사드리며

난무하는 페이지의 난삽에 음표 적어 넣기로 했다
내일은 무지개 비낀 영마루 건너 휘파람 불며
빗방울의 인사에 손 내밀어보기도 하겠지
그러나 가슴 조인 자작나무 안색으로
방치된 하루에 머물다가
잘려나간 노랫말로 허겁 점찍어두기도 하겠지

꼭 그랬을 거라는 압력의 수위처럼
풀죽은 공간은 구름 밖으로 밀려나기도 할 거야
오류의 합수목엔 얼룩진 기억들
죽은 나트륨 각색해가며
센스의 뚜껑 여닫는 시늉 하겠지
시간 덮고 뜸 들이는 키스가 좀 축축해났다

바람은 저 혼자 뒷짐 지고 가는데…
부풀어 오른 여윈 가슴에 낮달 하나 밀어 넣는다
밥처럼 살다 간 레일의 그림자 밑으로
까치 우는 아침 부서져 내리고 시간은 바야흐로
첨밀밀, 고독 육박해간다 처녀귀신 다가서듯이…

담쟁이풀

담쟁이가 벽 기어오르며 담을 넘는다
그 너머엔 하늘 그리고 바다
안색 붉힌 꽃잎마저
향기 감아쥐고 흐느낌을 볼 수 있겠다

눈물이 또옥~!
밥그릇에 떨어져 숨어버리고
딸내미 머리 쓰다듬으며
아비는 웃어 보인다

짜아식~! 갔다가
안 오는 것도 아니잖아…

여름에도 한여름 비는 내리는데
바람 놀다 간 골목길에
담쟁이 담쟁이,
벽 기어오르며 하루해 넘기고

별빛 찢어 덮으며
어둔 밤 둘레에 이슬은 포박되어있다

고향

간헐천 슴새 나온 옛 가락에 사무침 주렁져있다. 놀빛 둔덕에 그리움은 기다림의 시작이다. 꽃잎에 이슬 얹는 순종으로 안개는 망향 젖어들게 하고 홀씨 싹틀 수 있도록 습도너머 다박솔 미소가 숙념의 입자 뿜어주고 있다.

갈래의 틈사이로 산새가 운다. 길은 뻗어있고 무지개의 다반사, 계단 딛는 노옹의 이마에 놀빛 출렁거린다. 쭈크리고 앉은 산뱃머리 소음마다 기억의 허리에 쑥꽃 향기 지펴 올리며 깔락뜀 뛰고 있다.

강시僵屍의 눈확에 햇살 같은 고독은 기억의 연민, 찰방거리는 풍경소리는 언제나 바람이 흔들어줄 뿐이다.

질서의 개평방

먼지들 입자에서 빛은 기억 삼킨 여과기에
명상의 흔들림 장착 시키고
용오름에 손톱 박는 판막의 나부낌
좌우심방 숨 가쁜 소리로 노출되어있다
역상마다 안개에 주름 끼어있다고
기다림에서 윤회의 깊이 측정한다면
하늘 푸른 역사에
해법의 주술사가 지구 앞세우고 어둠 달랠 것이다
시간의 고체에 갇힌 메시아,
길은 생각너머에 향기 깁스해두고
사막 업고 걸어가는 터널엔
있다 그림자 같은 꿈들의 흔적
그 미지의 계단 오르내리며
숙명은 오늘도 찬란한 기억이 된다
세상 밖에서 세상은 개똥벌레의 착상 고르고 있다

느티나무아래에서

세월의 코고는 소리 들린다 하여
얼마나 많은 밤 지새우며 울어야 했을까
눈물처럼 고여 오는 은어隱語들
멍든 하늘 비껴 담는 빗물일 뿐인데

뜻 찢긴 눈꽃은
향기에 입 맞추는 지혜도 갖추셨나보다

사념 휘젓는 저항선
투박한 언어에 바람 싹트게 하고
별빛으로 가슴 덮는 정오의 하품마저
망각의 허리에 기포 떠올리고 있다

이게 무슨 소리냐
도깨비 씨나락 까먹는 소리
계절 한 잎 씹으면
옳거니, 놀빛에 이름 석자 적어 넣겠지
주인공은 이슬과 그림자까지 셋일 뿐이다

우리는 어떤 존재인가

아픔마다 불 켜들고 길 더듬어간다
모습 감춘 벌새의 흐느낌
손 흔들어 보이면
숙성의 확률
이슬의 안식으로 숲 깨우고 있다

경사각에 공전 습배 듯
숲 너머 지축 감싸는 견고함
바람소리 베껴두고 있다

시방 한 장 아침 들어올리는
놀빛 속으로 햇살이
문안 받쳐 들고 있다

무릎 꿇는 기억의 계단에
세상은 모두가
낙엽 길들인 영혼의 천사가 된다

김현순:
중국 조선족詩夢文學會 회장. 「詩夢文學」 편집주간. 발행인. 시론집 「복합상징시론」 , 시
집, 동시집, 등 작품집 18권 출간. 해내외 문학상 수상 십수차.

아픔 (외 5수)

□ 윤옥자

이슬 빛 변신술 없다면
머리 굽힌
죽음을 무서워 할 것이다
가슴 아픈 하늘
무너져 내리고

사멸 추켜세운
고열의 시각으로
우리는 또
누굴 위해 돌아 서는가

비밀 사수해가는
그 앞에 무릎 꿇고
신이 도와준다면
거동의 장알 박힌 모대김

전생의 가르침으로
지켜볼 것이다
눈빛 속에서
녹슨 세월 걸어 나온다

팝콘

초심의 손톱부리에
번들거린다
회심의 황혼

좀먹는 그리움이
회전문 싸고 감는데
주먹 내민

미움의 시간들
원무곡 각색해간다

장착의 색상에
망각 적어 넣으면
어쿠~!

아픔 잘려나간
자리마다
봄 햇살 돋아나온다

여름

누굴 찾고 있을까
치마 펼친 바람

햇빛 몇 점 모여 만든
징검돌 다리위로

고슴도치 한마리

어지럼증 흔들며
비명으로 건너고 있다

기다림의 점선

약속이 숯불에 몸 번진다
사랑은
고장 난 계곡에
눈감을 거라는 집착이
어둠 태우는
발밑에 있음을 절감해간다

탕~! 대문소리,
살았구나…
함성이 숨구멍 열어준다
산 같은 그림자
무언의 우주를 포박해둔다

새벽 톺는 소리가
아침제단 빛내어주면
피 말린 놀빛 주소
이슬의 단면에 적히어있다

밤눈·1

각색하는 거품이
속세를 지워버린다

언어들의 몸부림
우산 하나 겨울과 맞선다

걸음이
통로를 열었다
그 연장선엔
역상의 질주도 있었다

숨었다
일어서는 들숨이
밤의 분계선 이어간다

숙명이
내생의 계단 짊어지고
길을 간다

밤눈·2

하얀 추락 어둠길 걷는다
빛이 동공에 뛰어든다

까만 밤 물 타 먹는 소리
달리는 바퀴 날개 돋는다

귀 떨어진 붓
수묵화 한세상 그려 넣는다
아픔이 깃털 접고

회한의 날숨, 떨어진 꽃잎
주어 담는다

내생의 꿈,
플러그에 손 내민다

하늘 땅 세상 낳듯이
윤회의 사랑 세월 길들인다

윤옥자:
　중국 조선족詩夢文學會 수석부회장. 「詩夢文學」편집위원. 시 해석집 <토마스 트란스트뢰
메르 시 해석>, 시집 <햇살 좋은 날> 등 출간. 해내외 문학상 수상 다수.

돌탑 (외 5수)

□ 김소연

무병신음 허겁 찌를 때 숙념의 자조 비끼어가고
진실과 거짓사이엔 어스름 머리 쳐들고 있다
사립 찾아 숨어버린 파도의 입,
거기에 낱말의 깃조차 건조되어있다
빛살 쪼아 먹는 소리에 기다림 으깨지던 날
이랑 위 거품 토해버리며
갈매기는 한낮 두리번 거린다
사랑 사랑 햇살의 입맞춤
길치의 손바닥에 사리舍利 굴려가고 있다
어둠이 저만치 멀리서 지구의 폐포 갈고 닦는다

낙차도 길이다

스릴의 버튼으로
고독 밝힐 수 있다면
환영幻影의 들마꽃,

지분 그 내음에
팻말도 입 다물고 있다

잎새마다 건널목
안식에 불 켜두면

적막에 물젖은
이슬 빛 외길
신호등에 묵례 보낸다

기다림은 늘
놀빛 어린
약조 길들이고 있다

고뇌의 계절

모델은 모델일 뿐
초점이 안개 낀 언덕에
너부러져있다

먼지의 일상이
거짓말 포장해 간다

흥부와 놀부의
줄다리기 같은 속성
엔도르핀 생성에

새벽닭 홰치는
소리로 태엽 감는다

또 다른 이름

낙엽 딛고 가는 별찌는 계절 닦는 소리에 바람의 술래가 된다. 긴 몸부림 어금니에 끼워 넣고 아쉬움만 회한의 경락 따라 쑥향 뜸들이고 있다.

중의요법

팔 다리 늘구는 재미에
손가락 빠는 별미까지도
피자와 궁합 맞는다

초인종 누르면
짜릿한 느낌 파도치며
경락 소통해간다

믿음 거세당한 동의보감
음양오행이 허虛와 실實
변증법 펼쳐 보일 때

전통의 뜸봉에 얹혀
뒷골목으로 밀려가는
상생상극의 묘미

면역력은
칼춤 부추긴 춤사위이다

고요 삼킨 한낮의 수위

탁자의 그림자 빈 공간 잠재워두고
말라붙은 햇살의 커튼
미닫이 여닫는
에어컨의 계절 돌리고 있다
점 박힌 시간의 집념에
눈뜬 안경알
색상의 무늬 기록해두고 있다
기다림의 꽃밭에 향기 잠들어있듯
추억의 창窓…
바람 한 올의 내음 입가에 갖다대본다

김소연:
중국 조선족詩夢文學會 부회장 겸 사무국장. 「詩夢文學」편집위원. 시집 「복수초」, 「텅 비
어있다」, 「불타는 섬」등 출간. 해내외 문학상 수상 다수.

물 (외 5수)

□ 조혜선

사랑 흐르는 곳에 생명의 전주곡
기원起源이 넘실대며
역사의 연륜 노래로 땋아 올린다

냇물과 강물 손잡고 달려온
생령의 푸른 바다
하늘은 믿음에 몸을 낮추고

움터 오르는 숨결의 향기
쏟아지고 부서지는 합수목 메아리로
깊이 또 깊이
빛살의 넌출에 한줄 메모 적어 넣는다

힐링의 코드가
아래로 아래로 흘러 흐른다
찰나의 언덕에 승천의 안개 미소 짓는다

역행逆行

순도順道의 개구리는 뛰지 않는다

바위 턱에 매화 웃을 때
폼 내는 봄빛 가슴을 떨고
생명은 산란의 모험,

쏟아지는 강줄기 거슬러
모정母情, 숙명의 대명사가 된다

하늘로 통하는 사닥다리에
애벌레들 몸싸움,
구멍 난 아침에도 홀로서기는
숙성되어있다

바람의 충동이 낙숫물 끼얹는
이끼의 허물이다

숨소리마다 가슴 열어
낯선 참대의 참 빛으로 댓잎 살찌워간다

달고 쓰고…

밑둥 다슨 고목의 수염 끝에
고드름 그네 뛰는 것 본적 있다
－보다는 아니더라도
－만큼은 해야 하는데…

염불 같은 세상사
흩어지는 하늘에 높이를 재며
먼빛에도 등대는
울대의 만족 흔들어댔다

인해人海 수만리,
쌓이고 흩어지는 모래성에
단내의 욕심 깃을 편다

봄빛 걸어놓은 초목의 순정이
능선 누비며
햇살 따라 길을 건너면

영靈의 부름, 눈꽃 되어 반짝거린다

파라다이스乐园

숲의 허리에 감겨들며 하늘과 땅이 바람의 속삭임 나눠 가진다.

빛살 다듬어 첼로 켜는 바다의 합주곡, 물도 공기도 은혜로운 땅

꽃의 이름에 색 올린 향기의 벌방에 산동네 꿀단지 입이 열린다

자연도 신나는 노래… 즐거움에 테마는 행복으로 둥글어간다

역상逆像 메들리

그것은 낮과 밤의 길이 재는 뇌간腦干의 겨룸이라 말할게.

삶이 뺨을 친다면 또한 받아칠 것인가.
질문이 도전 엄습해오는데 뜬금없이 떨어지는 매질, 아픔 재는 저
울추에 하트 되어있다

날아드는 도시의 허상, 튕겨 오르는 둥지의 뉘앙스로 빛 다투는
공간의 베아링,

고향 찾는 그 날개에 신기루 숨 쉬고 있다

갑(甲)

출구 찾는 아랍계의 신비
혓바닥에 깔린 세상 각색해간다
영혼의 비좁은 날숨마다
천년금자탑 베일에 감춰져있다

미라의 수수께끼가
연기(緣起)들 솟대에 멍들어있다
강이 트이고 하늘 트이고
빛이 트이고 땅이 트이고

벽에 부딪혀 으깨지는
고장 난 광야의 나들목마다
숨 가쁜 오로라 일어서고 있다

하늘정거장에 세상의 숨소리
깃발로 나붓거리며
의념의 하늘, 계단의 역사 닦는다

조혜선:
중국 조선족詩夢文學會 부회장. 「詩夢文學」편집위원. 시집 「묵언默들의 그림자」, 「청자靑
瓷의 눈물」, 「생각하는 갈대」 등 출간. 해내외 문학상 수상 다수.

작은 잎 하나 (외 4수)

□ 신현희

잃어버린 적 있다고 쪽잠이
인내의 기적 무마할 뿐
동년의 작은 숨결은
짓궂은 고요, 빠져나왔을 것이다
레일의 긴 그림자로
가물대던 순간이기도 하였지
우메~ 우메~~
아지랑이 가물거림
기다림 지펴 올리던 시각
무지개에 입 맞추며
언덕너머 샛길은
메아리에 깃 펴두었다
순정의 가르침에 볼 붉힌
언약의 미로,
향기마다 소록소록
가지 위에 갈망으로 나붓기며
부리 고운 산새
그 울음 바람에 필기하고 있다

삶

우연을 포장한 흔적은
발악하는 순간에도
그득 차는 찰나의 집착

산비탈,
골짜기 떨어지는 노을…
쟁반에 담아
고요한 저녁 달래어본다

허탈인가
불빛 감춰진 골목에
건널 수 없는 그림자

가로등의 갈무리
생의 마감 각색해두고 있다

약속

굳이 확인해보는 거라고 문 열고 들어서는 바람결 입귀도 잠깐 들려있었다. 스케줄 흩날리고, 적막 까먹는 소리가 자정 덮어주던 날, 날씨보다 먼저 싸락눈 내려 덮이는 순간들…

반갑지 않은 눈치였지만 그쳐버린 기다림엔 아픔이 저 혼자 창 밖 내다보고 있었다. 어디 다녀오기로 했었나, 즐거움의 날개엔 오로라 부신 색상도 무지개 접어 기억 푸들게 했다.

가쁜 숨결, 그 둔덕길에 가슴이 침묵 포개어 접고
선보고 돌아오는 그날은 소록소록, 삼천하늘에 꽃비가 내렸다.

공간의 덫

첫 사람으로
출발선에 선다는 것은
종이 한 장에 옮겨 딛는
발걸음의 무게이다

어둠 속
뿜겨 나오는 가로등 불빛
가려진 덮개마다
눈부신 햇빛, 앞을 가리어

주어진 순간을
여백에 탑 쌓아올리고 있다

아주 먼 소망에도
연소되어가는 최후의 미소

종착점까지
편이역 멜로디는
안개의 눈물 거머 잡는다

살아간다는 것은

알면서 받아야 하는
것들의 메모, 저 하늘 멍들게 한다
볼펜 달리는 이유가
놀빛 사막에 꽂히어있다

1년, 2년, 3년, 거짓말같이
상처 받는 역병에
고함지르며
색상의 메신저 얻어둠인가

소리 없이 떨리는 순간은
수모의 나날 치유하는 과정일까

떨어져 나가 앉은
불화의 스트레스에
싸락눈 같은
살이의 궤적이라고 해야 할 것이다

신현희:

중국 조선족詩夢文學會 주 한국 지회장. 재한동포문인협회 부회장. 세계동시문학상 등 해내외
문학상 수상 다수. 작품 발표 다수.

죄와 벌 (외 2수)

□ 김경애

죄를 묻노니
꽃 찾아 입 맞추며
척 하는 술사(術士)의 연기
날 저물도록
첫사랑…
꿀물에 화분 타서 마셨지
사람아,
죄의 값도 아느냐
땀 흥건한 벌들이
꽃대 빨며 입술에
꿀 바른 일상도 기억하겠지
빨대 꽂은 하루의 손시늉
잘 먹고 잘 사는
일이
누구의 벌
사면코저 함인지,
뒷문으로
빠져나간 바람소리가
천 하룻날 밤
그 죄목 다시 따져 묻는다

직업병

밤 갉아먹으며 뾰루지가
배알 뒤집었다
벌레의 배설구에서 나온
노폐물이
시간 잡아먹고
가려움 토해버린다
언제부터였을까
새벽의 노크소리
기차바퀴에 깔린 채
삐거덕거려도
출렁거리는 젖가슴
방아 찧는 소리에
눈 비비며 일어났다가
현기증 앓는다
게으른 아침
가려운 하루가
남의 집 담장을 긁기 시작 한다

연휴

자갈치 수다 떠는 소리에
갈매기 방아쇠 당기고
총 맞고 혼미한 시간
바위에 누워 무호흡증 앓는다

싱싱한 바닷바람이
몰고 온 햇볕을
벌거숭이 모래밭에 발라놓고
허겁지겁 키스 날린다

흩날리는 머리카락 사이로
태양의 그림자
내일의 추천메뉴는
양다리 걸치기

서산이
빨다만 하루 삼키고
이빨에 끼인 기억 튕기어낸다

김경애:
중국 조선족詩夢文學會 이사. 재한동포문인협회 대표회장. <동북아신문> 발행인. 한국국보문
학 월간 잡지 신인상 등 문학상 수상 다수. 디카시집 「秀詩로 떠나는 디카시 여행」 출간.

허위虛僞의 문전에서 (외 2수)

□ 박명순

험담의 행적에 새치기하는
약속의 진실
사담의 옷섶에
거짓의 이슬 매달아둔다

현실 점검하는
뒤안길에서
레스토랑 미소가
색 날은 대화 받쳐 올린다

버스의 행적…
간이역에 머물 때
색상이여
문양에 빛 새겨 넣으라

소리 나는 향기는
언제나
꽃씨 보듬어 가느니…

건반의 색상

주역의 심호흡
수련 다지는 소리…
평화에 용서의 메모리는
섭리 한 장 끼워 넣는다
환희 펼쳐
정화의 빈자리에
상상 꺼내든
미래의 포인트
브루스는
독서의 한때를 장식해간다
향기의 멜로디
즐거움의 저널…
프로이드 심리학이
역설 꽃펴나는 책꽂이에
숨 쉬고 있다

잎새의 저녁

찬잔이 각시탈 주어 담는다
매화꽃에 올가미 거는 포옹
백골과 함께 걸어라

그림자가 여울에 멈춰서면
피리 부는 목덜미에
꽃가마 겨냥하는 소리

새매 부리마다 깊이 물린
화살의 주소로
창문에 이름표 적는다

침묵 물들여가는
소리의 주인공

길 양 켠 핏빛 시간마다
루머 꺼내 닦으며
한세상 돌탑으로 쌓아올려라

박명순:
중국 조선족詩夢文學會 사무차장. 수필집「삶의 터전을 가꾸며」출간. 해내외 문학상 수상 다
수.

안개 가린 다님길 (외 4수)

□ 황희숙

많고 많은 말 손시늉으로
할 수 있는 것만으로
만족 느끼며
가족들과 웃고 떠든다

눈으로 보고 귀로 듣지만
말은 할 수 없다

처마 밑에 거미가
먹이 위하여
그물 치고 새끼를 위하듯

결국 껍데기로 남은
삶의 흔적
바람이 실어다
나뭇가지에 걸어놓고 감상 한다

꽃 피는 시절

안개 덮는 언어들의 장착
바위 흔들며 금이 간다
밤하늘 저 끝까지
흔들리는 손의 무게로
안개꽃 피우며
괴나리 짊어지려나보다
서쪽마루의
귀밑서리 쓸어올리며
바람이
내일에 걸터앉아
희망의 입귀 치켜 올린다

눈 한번 깜박이지 못하고

밤중에 내리는 소낙비
불청객 기웃거리더니
창문 두드리며 호통 친다

흐르는 빗방울…
기어가는 기포들은
구멍가게 찾아 들고

구름 뒤에 숨은 별
겁 질린 주먹에
허겁 꼬옥 움켜쥐고 있다

암야 뒷켠엔
새벽의 기다림이 보인다

먼 뢰遠雷

삼복철 더위가 스멀스멀 피해 간다
마법 걸린 꽃들의 망울 터친 사연들
얼룩진 지구에 얼씬도 못하고

또 하나의 기약으로 그리움에 하트 하나 선물 한다

촉촉이 젖어드는 노랫소리,
얼어든 무지개가 녹아 물드는 밤은 깊어만 간다.

바람의 깃털

꽃송이 찾은 나비 한 마리
잎 꼭 잡고 윙크 보내며
비바람 막아주고
축복의 그림자는 한결 빛난다

느티나무에 앉은 새 한 마리
울먹이는 안색으로
조용히 집 지키고 있다

별들의 다반사多煩事
구름은 그 외로움 알 것이다

황희숙:
중국 조선족詩夢文學會 이사. 연변교원시사 부회장. 동북아문학예술협회 회원. 동시집 「유월
에 내리는 눈」, 「성에꽃」, 성인시집 「지워진 글씨」 출간. 세계동시문학상, 시선 동시문학 해
외대상 등 문학상 수상 다수.

커튼이벤트 (외 3수)

□ 권순복

에어컨 염주 고르는 시간
바람이 실어 나른다
로켓 음색은
리모콘이 껐다 켰다 한다

세월 주름잡는
감각의 메시지…
시계의 발바닥 간질이며
아픔 보듬는 소리

햇살이
안개의 미소 걷어 올리며
이슬의 투명함
냇물에 실어 보낸다

세상사는 도리가
한줌 주먹 안에 꽃으로 핀다

치마

천만갈래
넋 고여 짠 비단필이
끓는 피 반죽하여 해를 토하고
흘러가는 세월 주름잡아
상현달 삼킨다
그리움 드리워 밤을 감추고
동트는 새벽이 속곳에 잠들어 있다

타향·1

갈증이
혓바닥 날름거린다
심장에 피가 끓어번진다

눈물로 반죽된
비린 바다가, 왈칵
동공 없는 눈물 토해버리면

파도는 오늘도
섬 삼키고 바위가 된다

타향·2

바람도 비도 그리움도
취하여 비틀 댄다

지척에 있는 세상은 두개
날개 접은 생각
이슬망울 삼킨다

빨간 속살 생채기에
소금 꽃 피여도
멍든 하늘 푸른 미소
사막 감싼다

선인장 가시 찔린
오아시스 허벅지,
비린내가 비 되여 내린다

권순복:
중국 조선족詩夢文學會 이사. 안도현아동문학회 회장. 시집「생각하는 섬」, 동시집 「옥수수
수염」동화집 「밤중에 걸려온 Sos」출간. 세계동화문학상, 시선 동화문학 해외대상 등 수상.

고독의 자국 (외 3수)

□ 강 려

갈린 목청 옷깃 잡아당긴다
몇 시입니까?
팔목이 시계를 보여 준다
10시군, 감사 하오
언어장애의
볼에 미소 피어난다

어깨 두드리며 자리 양보하는
낯선 배려가 일어서고
눈빛이
고개 끄덕여 인사하는데

목발 짚은
그림자가 징검다리 건너다가
햇살의 강…
사념 물결치는 공간에
고르롭게 깃 펴고 내린다

묵상黙想의 별빛

새가 상념의 깃 편다
고요 출렁이는 바닷가에서
바람 잠든 지붕마다
묵상의 햇살 가려 덮는다

상처 씹는 바위가
파도에 발 담그면
향기 돌리는 풍차가 보인다

생각의 오솔길
그림자 서넛
기다림 둘러싸고
안개의 시간 노 저어가면

놀빛 사념思念
순록의 이슬로 돋아나있다

숨 쉬는 단풍
한 잎 가을에 묻어나있다

여름

시간 부푼 그림자에
부채질 한다
등 굽은
해살은 쉰내가 쪼아 물고

금전 휘젓는 벤치의
수다 떠는 목청
돌아서는
공간 등 돌려 세운다

쿠쿠 합니다…
밥솥의 부풀린 음성

허리 부러진 틈새로
칙, 치익~

더위가
땀 흘리며 슴새 나온다

봄눈春雪

  눈 뜬 가로등 내려다보는 공간의 계단에 어둠 쌓이고, 지붕의 고독 밤을 덮는데 고요 내리는 초가집에 명상의 문패, 뉘앙스에 기대고 있다. 빈 의자에 기다림 내려앉는 소리, 돌담에 외로움 녹이며 겨울 흐르는 다리 밑으로 자국자국 자취 감춘다. 둥지의 쓸쓸함 고목으로 팔 뻗치고 있는가. 석탑의 그림 속으로 허공이 들어 가며는, 하얗게 깃발 찢어 나부끼는 아픔이 저만치 멀리서 미소 짓는다.

───────────
강 려:
중국 조선족詩夢文學會 회원. 시집「알나리 깔나리」 등 2권 출간.
<동심컵> 한중아동문학상 등 해내외 문학상 수상 다수.

고독 한술 떠먹으면 (외 4수)

□ 신금화

한숨 싹트는 맥박소리에
별이 내려 앉는다
잘 개어진 속성으로
돌아앉은 돌부처
생각 곧게 세워
숙명 받쳐 올릴 때
어둠 너머
산해진미가
적막에 무늬 수놓아간다
민머리 사잇길엔
간질임…
향기처럼
빛으로 꽃잎 터치해 간다

낙서

치맛자락 들어 올린 업그레이드 한 소절
발자국에 집념 새겨 넣는다
고요 각색해가는 저널 변두리
팸플릿 상단에
비천(飛天)의 깃발 나부끼고 있다
꿀밤 안기는 바람의 쏠로,
그 그림자에도 꾸러기는 애꿎은 시간이 된다

건넘길

주름진 강에 무성한 눈동자들
흰 김 내뿜는 그릇마다
찰방이는 집념의 미소
억새의 씨앗에 점 박혀있다
돌고 도는 연륜사이
줄지어 선 잎새들
하나 둘 명암 찾아가는데
실각의 아픔 너머
자하문(紫霞門)…
독경소리가 여운 안고 달린다

일상

햇빛세례 입가에 걸어두고
하루를 몰고 간다

비명소리에 매암매암…
엎질러진 생각들이
투명함으로
옷섶 젖어들게 한다

사치의 누드
하루가 점프하고 있다

돌아눕는 두께는
키스의 시간 망각하고 있다

비 오는 날의 단상

초경 빗질하는 떨림은
눈물의 촉감 세워두고
힘살마다
숨결 적어둔다면
이슬의 단면 투영하는
사랑은
토막 난 그리움
보듬어갈 것이다
점선의 연장 그 위에
밀집된 들녘
흐느낌마다
메아리의 지평
추억으로 열어가고 있다

신금화:
중국 조선족詩夢文學會 회원. 동시집 「개구리 셈세기」 출간. 리욱문학상 등 수상 다수.

맞선보기 (외 2수)

□ 류송미

기다림의 키는 작지 않았다. 소개팅의 시간은 짧았지만 너무나도 긴 시간이 필요했다고 매파의 넉두리가 딸라의 향기를 씹고 있었다.

없는 데요 라고 말하고 싶었지만 참고 견뎠다. 금전이 왔다 갔다 하는 거래소에서 물과 불의 키스에도 기름은 떠있었다

아무튼, 기분 좋은 날, 해와 달의 만남엔 어둠 앓는 우주의 아린 가슴이 필요했고 해저 깊은 곳에는 가오리 날개의 연약함이 있어야 했다는 사실이 미팅의 공간을 무마해주고 있었다.

사랑은 영어로 러브라고 하지, 러브 유~ 라고 발음할 때 그 뒤에는 이별이란 대명사가 점잖게 보초서고 있음을 감지하면서 둘이는 마주보고 웃었다.

그때 창밖에서 축복 같은 함박눈이 펑펑 내리고 있었다

분만 分娩

예정일이 그 때였다. 통증의 후유증엔 밤도 어둠 들고 바장이는 습관을 연마해야 했다. 터 갈라진 혓바닥에 사금파리가 반짝이고 소라의 귀에 담긴 바닷소리가 고사목枯死木 미래를 걱정하고 있었다.

바람의 들녘에 별꽃 피고 가을 오는 선율이 서리꽃 녹여줄 때까지 생명의 탄생은 빛을 잉태한 칠흑에게 감사해야 했다. 가난에 사랑 구워 먹던 그 시절에는 그래도 정情이라는 글자의 낱말이 싹트는 지팡이로 여윈 겨드랑이 지탱해주어 고마웠다.

그날이 바로 아들내미 낳는 기념일 이었다

볕의 하루

추렴하고 남은 음식에는 단칸방 셋집의 칭찬도 함께 따라나섰다. 문
열고 넘나드는 바람의 딸꾹질엔 갓난애 기저귀 갈아주는 지청구도
시어미의 잔소리로 녹 쓴 가난 닦아주었다.

추울 때엔 이불 덮어주라는 잔걱정이 남새 푸른 비닐하우스로 앞마
당 채전 지켜주건만 뒷짐 진 남편의 기침소리는 밤 새워 지켜보는
별들을 놀라게 했다.

어긔야 듸야 아기의 장한 덧…

아침햇살에 미소 지을 때 손놀림 부지런한 햇각시의 안색이 회식의
날 손꼽아 기다린다. 이런 일이 많았으면 좋겠다는 유머 한마디가
푸들진 명절 분위기로 작은 방안을 화기롭게 살찌워주었다

류송미:
중국 조선족詩夢文學會 사무간사. 시집 「어느 날의 토크쇼」 등 출간.

향수 (외 3수)

□ 신정국

송아지 울음소리에 풋잠 뒤척이던 노래, 구멍 난 하늘에 별 박아두
면서 풀잎 맺힌 이슬엔 안개도 춤을 추었다. 백사장 걸어가는 맨발
의 그림자, 파도 소리 간지러운 그리움의 속살거림도 울밑 월견화로
도란도란 향기 피워 올리고 있다.

고백

아지랑이 손짓이 꿈 부르고
꽃가루가 봄을 숨 쉰다
소망의 봉오리 가슴마다에
기다림의 알레르기 잠재워 두고
하늘이 푸르게 짙푸르게
미소 펼쳐 햇살 그러안는다
부끄럼 타는 놀빛의 언약…
초록바다 설레며
갈매기는 고마움을 실어 나른다

개화

가지마다 찬 서리 이겨 내면서 버티어내더니 타오르는 햇살의 언약
에 하얗게 전설의 꽃 피우며 고목은 겨울 지키어 선다.
언 땅의 미소가 구름 되어 어둠 가려 덮을 때 별들의 박수 치는 소
리가 반짝반짝 봄 깨워줌을 바람은 노래 부른다.

골목길

바람도 쉬어 간다는 곳에
향기의 머뭇거림
바닥재 핥으며 그림자가 언뜰거린다
닮은 데가 있었다

미로 저 켠에 립스틱의 살내음
젊은 날 이별이 명멸하는
간이역 같은
청춘의 찢겨진 틈서리…

신정국:
중국 조선족詩夢文學會 회원. 시집 「바다 그리고 사막」, 출간.

대림동 (외 2수)

□ 리종화

대숲이
산에만 있는 것이 아니다

굽히기 싫어하는 절개
인내심 다해 여기 도심에
흔연히 자리 잡고
풀도 나무도 아닌 것처럼
사철 푸르게 살며
수많은 이야기를 써 낸다

타향 멀리 떠나 왔어도
마디마다 생기 넘치는
무성한 설렘과
죽순으로 하루 한 뼘 씩 크던
약동의 물결 멈추지 않았다

여기에 사는 그들
뿌리는 긴 용처럼 뻗치고
대 곧고도 단단하게
타운 아닌 타운에서

이방인 아닌 이방인으로 산다

크는 게 어디 세월뿐이랴
대림은 아직도
대꽃 필 그 날을 향해
무럭무럭 자라고 있다

짓눈깨비

자야를 흔드는 촛불처럼
옷자락 날리는 여인
발자국소리 사르륵 사르륵
잠 든 창을 허비며
누굴 찾아 헤매느냐

생각은 가분해도
흐르는 눈물 달랠 길 없어
못 다한 이야기
미어지는 가슴
빛바랜 청춘을 되살리는가

그대로는 포기 못해
미련만을 고집하는 듯
이리저리 휘날리며
젖은 몸 허위허위
친정 찾아오는 누이여

삼겹살 구이

한 겹 두 겹
층층이 포개진 바위
시뻘건 혀가 날름대는
무대에 드러누워
지글지글 노래한다

놀면서 먹고 살진 바위
느끼한 거품 토해낸다

처음처럼, 참이슬
노을 비낀 파도
바위를 삼키며 출렁인다

캬, 사촌에게 사준
기와집이 실실 웃어 댄다

이종화:
중국 조선족詩夢文學會 회원. 연변시인협회 회원. 작품 발표 다수. 시향만리문학상 등 수상 다
수.

사랑은 늘 도망가... (외 2수)

□ 이광일

포기할 듯 도사리는 것 알면서도
기다림은 낙조에 손 내밀고 있다
잡으려고 애 쓰는 유감의 발버둥

하지만 고집의 답신엔 장맛비도
삼복 실각시키는 최초의 눈물로
이해의 능선에 이슬 각인해둔다

애써 도주의 밤 불사르는 생각
접선의 나루에 별빛 닦아주고 있다

아, 그때 그 멜로디…

젊은 날 못다 나눈 이야기
눈물 각인해 가는데
우등불 찾아 파닥이는
이별의 브루스
낭만의 기억 짜릿하게 한다

눈 감고 옛 노래 더듬으면
벌렁이던 심장의 착각,
별빛 전율하는
향기에
어둠 엎으며 회한 닦는다

(나는 그때 살며시
그대의 눈 가리고
내가 누구인지 맞추도록 했다)
라는 가사의 뉘앙스

바람처럼 저 혼자
빈들에 머물다 떠나시겠지

돌이킬 수 없는
이슬의 단면에서
나는 한 마리 부나비가 된다

핏빛 글로벌

투명한 언어의 날개에
꽃잎, 잠들어있다
썰물의 발꿈치엔 아픔의 봇물…

프로펠러가
헬기에 달려있다는 건
침묵이 각서에 낙인찍기 때문이다
왜 물이여야 하는가
하는 의문은
바람의 단추에 걸리어있다

사막 딛고 가는 바다의 몸부림
버들개지 눈뜨는 봄빛이
산사(山寺)의 풍경(風磬) 매달아준다

메신저의 중매가
사랑과 이별 손잡게 하는
타락의 가슴 물들여갈 때
기다림의 끝자락엔 놀빛 불타오른다

이광일: :
중국 조선족詩夢文學會 회원. 재한동포문인협회 회원. 주먹행시 최우수상 등 수상 다수.

놀빛의 회한 (외 3수)

□ 권명호

모래로 부서진 토마토의 공간
바람 감아올린 유연함으로
모질음 꽃잎에 매달아두었지
그럴 수 있을까

불신의 갈림길에서
질서가 숙명 밀어 올릴 때
태초의 아침
바다의 게트림 펼쳐 보이듯

사막의 이야기는
주름에 끼인 숙명 둘둘 말아
파도의 깊이에 꽂아두었다

전율의 아픔은
그때 자신을 보았고
회한의 종소리는 오래도록
허겁의 하늘 불태우고 있었다

지평너머 아지트

싸구려가 잘려나간다
거듭되는 메아리가
지구의 공전 주춤거리게 한다

퇴색의 메아리가
수의 걸친 뼈 한줌
언어의 각질로
사막의 꽃잎에 얹어둔다

발악하는 죽음
사랑의 둔덕
놀빛 핏자국만 아롱져있다

믿음이란 대명사

봄이면 무성한 여름이
구름 위에 눈꽃으로
까무러쳐 있다

그리움의 모질음에
지구의 자전은
한줌 비극으로
생경함 새겨 넣고 있다

사랑의 핏자국엔
놀빛 부끄럼
무지개만 감춰둘 뿐이다

사막의 숨소리가
향기 속에 싹트고
모래로 부서지는

바람의 저녁
저렇게 멀리 보인다

눈길이 천정에

속살 더듬는 목소리는 길을 잃었다
달빛 비끄러맨 창밖에
휠체어의 사랑은 손놀림이다
시간이 벽을 걸어가고
괘종의 침묵, 하늘에 점 박혀있다

꽃 같은 눈이
얼어터진 향기 속에서
날려나오는 것을 아픔이라 부르자

설한풍이
흠뻑 젖은 몸뚱이를 칼로 찌를 때
비천飛天의 속삭임
능라수건 날리며
놀빛으로 어둠 감싼다

미켈란젤로의 천장화에서 비가 내린다

권명호: :
중국 조선족詩夢文學會 회원. 재한동포문인협회 회원. 동포문학 대상 등 수상 다수..

물소리

□ 최옥화

내가 왜,
라고 하며 돌아설 때
옷깃 잡아당기는 존재가 있다

투명한 손가락에 잡히어
나는 끌려가고 있다
구름너머 멀리서 내려다보고 있을
눈꽃의 존재,

향기 찢긴 사연들도
뚤렁 뚤렁, 슬픔에
노크 보낸다

파문 일어나고, 구겨진 기억에
마도로스의 사나이가 서있다

최옥화:
중국 조선족詩夢文學會 회원. 작품 발표 다수.

깃발 (외 2수)

□ 김희자

잔디의 청춘 날리며
태양 향하는 초록의 함성은
군자란의 일편단심
쪽빛 깔고 앉은 그 언덕에
그림자로 금자탑 쌓는
벌레들 가슴마다
설렘은 이삭으로 나울거리고

선풍기 땀 닦아
하늘 끌어올리는 모습에
나뭇잎 안아주는
햇볕의 부드러움
소망 부추겨 우산 쓴 시간
향기로 잠재워둔다

열련(熱戀) 스타트

수레의 연륜이 얼기설기
철초망 늘여놓은 사연…
수묵화로 책속에 끼어있다

초상화 밑에 누운
강아지 그림자
쓰레기통 저켠에서
정자의 목젖 부여잡으며
환각으로 아픔 무마해간다

초점 맞춘
우주의 비밀 새어 나갈 때

@#&☆‰…
@#&☆‰…

문자의 뉘앙스가
가(家)와 흥(興) 소리로
고독의 털뭉치 풀어내린다

여름, 그 성숙의 계절

정육점 간판이
시간마다 열물 토한다
길 양켠이
그리움 앞에 물구나무 선다
횡단하는 그림자
입덧하는 사연들
화단에 불 지펴 올리며
구름의 언약으로
산과 들에
옷 갈아 입힐 때
햇살의 여유가
그네 타는
바람의 서장(序章)을 연다

김희자:
중국 조선족詩夢文學會 회원. 작품 발표 다수.

거울

□ 박문학

스트레스,
스나미로 밀려 올 때면
항시 어둠 밝혀주셨던 그 얼굴

어두워진 몸과 마음
환하게 비춘다

반짝~ 반짝~
우울함 반딧불로 다가와
따뜻하다 포근하다, 소록소록
잠이 든다
꿈속에서 부르는 소리

달 되어
하늘로 날아 오른다

박문학:
중국 조선족詩夢文學會 회원. 작품 발표 다수.

빛

□ 박은화

멀리서
장난기가 개똥벌레로
날아올라
하늘 감싸 안는다

고요한 둔덕, 캄캄한 밤…
꿈속 미소가
세상을
따뜻한 손길아래 잠재워둔다

임 그리는
기척소리
어느새 달 되어 소르르~

소망의 빗장, 열어두고 있다

박은화:
중국 조선족詩夢文學會 회원. 작품 발표 다수.

회전하는 공호 (외 4수)

□ 김 화

핸드폰 공능에도 진빠져있다
화 치미는 관심사가
일기예보의 안식,
문자 선에 태풍 일으킨다

옅은 물보다는 영감 불러
하루가 젖게 한다면
생각은 행복의 문안이다

지기 기다리는 메시지가
강의 청취하는 의문에
재해의 기다림 지펴 올린다

思念의 메아리는
끊어진 저널에
홀로 피는 그리움의 꽃이다

4월의 숨소리

입춘 지난 3월의 햇살마저
음성의 메모에
한 오리 그림자로 서성거리고

음달의 콘크리트 벽 틈에
흑백의 인내,
연둣빛 4월 꽂아두며
가냘픈 미소 가려주고 있다

창백한 언사에
꿈보다 별빛,
5월의 숲을 감싸고 온다면

감사함,
종종 걸음으로 마중
나와줄 것이다, 봄이니깐…
기다림은 속눈썹도 파랗다

남자의 무게

시작부터 무모하다
고독이 소망에 빗장 지르고
꽃내음 온기가
사념의 갯바위에 별빛 내려앉힌다

술잔에
갈매기 울음 굴러 흐르는데
바람의 날개에
봄 한 점 왜 묻어있나

파닥이는 질주,
숙명의 창밖에도
열차는 봄 싣고 터널 에돌아가고

열두 굽이가
<每日場>에 초점, 근 뜨고 있다

적혈구의 회한

여인의 기도에는 피가 말라
시간이 슬피 운다
뼛속까지 흐느끼며
쌓여가는 참혹함 고르고 있다

얻은 것과 잃은 것,
세월의 피는 낭자하다
또 질퍽하다
순간은 눈감고 더듬으리니

<…나는 죽었노라…
내게는…>
고백이 표류하는 진실

젊음의 창공에
안녕마저 별과 함께
바닥재 깔린 숲 잠 깨운다

사랑의 운명 앞에서
상처는 세기를 뛰어 넘는다

바보 같은 미움

이슬비
메마른 거리 거닐면
점점의 그리움,
하나 둘 고개 쳐든다

외로움에 볼 부비는
어둔 그림자
조용히
작은 우산 기대하지만

살며시 손잡는 건
0시의 아픔 뿐이다

"눈물비 주르르…
내겐 우산 같던 한 사람…"

김 화:
중국 조선족詩夢文學會 회원. 작품 발표 다수..

‖ 특별조명· 인터뷰 ‖

복합상징시 그 정체를 묻다/ 이동렬

때: 2023년 초여름의 어느날
장소: 재한동포문인협회 사무실

이동렬: 재한동포문인협회 대표회장(이하 <동>으로 략칭).
김현순: 중국 조선족시몽문학회 대표회장(이하 <현>으로 략칭)

복합상징시 그 정체를 묻다

동: 안녕하십니까? 오늘 이렇게 만나게 되어 기쁩니다.

현: 네, 수고 많습니다.

동: 시인님은 복합상징시라는 시영역의 새로운 류파를 창시함으로써 조선족시단은 물로 한국을 비롯한 국제시단에서도 쟁점 화제로 오르고 있는지라 더욱이 찾아뵙고 싶었습니다.

현: 네, 영광으로 간주합니다.

동: 오늘 조련찮은 만남인데 복합상징시란 도대체 어떤 것이며 그 특징이라 할까, 아무튼 다른 류파보다 각이한 점에 대하여 말씀 주셨으면 합니다.

현: 네, 복합상징시, 그것의 출현은 우연이라 할 수가 없지요. 모든 학술적인 논술을 떠나 그냥 통속으로 말씀드리겠습니다.

복합상징시란 말 그대로 상징들의 복합적인 구성으로써 화자의 경지를 펼쳐 보이는 시의 류형이라 할 수 있습니다. 물론 세상 어느 것이 복합구성을 이루지 않은 것이 있으며 어느 예술이 상징을 동반하지 않은 것이 있느냐는 질의를 받기 쉽상이겠지만, 복합상징시는 무질서한 이미지들 가운데서 영혼이 점지해주는

110

것들로 새로운 질서를 찾아 능동적 가시화로 다시 세상에 펼쳐 보이는 것이라 할 수 있지요.

동: 아, 얼핏 듣기엔 좀 난삽한 듯 하온데, 그것은 현대시학에서 말하는 탈영토와 재영토의 논리와 같은 것 아닌지요?

현: 맞습니다. 상태론에 따르면 하나의 세계는 필경 그 자체에 대한 반역과 해탈, 초탈을 꾀하게 되며, 그런 특성들이 자유분방한 무의식의 신질서를 구축하게 되지요. 복합상징시는 바로 이런 특성에 입각하여 진행되는 예술적 작업이라 귀결할 수도 있겠지요.

인간은 현상태에 대한 반역, 해탈, 초탈의 욕망을 가지고 있으므로 늘 그 존재를 세상에 과시하려고 하고 있지요. 이것이 인간으로 하여금 개성표현으로 거듭나게 하지요. 그것이 예술로서의 시문학에서 보여 지는 양상은 변형과 상징의 필연적 기술처리작업을 거치게 되지요.

동: 저, 그런데 한 가지 궁금한 점 있는데요. 예술에서는 왜 상징과 변형이 필요한 것인지 그것부터 말씀해주실 수는 없을까요?

현: 네. 상징이란 인류 문명의 산생과 더불어 동조해왔습니다. 아담과 이브가 금단의 열매를 따먹게 되면서부터 인간은 부끄러운 데를 가릴 줄 알게 되었다고 성경엔 적히어 있습니다. 아무튼 인간에게 문명이 인식되면서부터 인간은 더는 원시적인 직설의 표현을 하지 않고 될수록 에두르고 감추고 위장하는 등 방식으로 자신의 의사를 은닉시켜 보여주는 기술을 장악하게 되었습니

111

다. 이것을 상징이라고 하지요.

왜 인간은 이렇게 상징하게 되었을까요? 보다 자신을 멋스럽게 세상에 보여주기 위해서이지요. 중국 현대시인 서지마(徐志摩)는 "눈꽃"이라는 그의 시에서 한 여인에 대한 고백을 "난 널 사랑하노라"라는 단도직입적인 직설을 회피하여 아래와 같이 보여주었답니다.

> 나는 한 송이 결백한 눈꽃
> 꽃이 되어 너의 품에로 훨훨 날아가
> 사르르 녹아버리고 싶다

자, 어떻습니까. 표현이 우아하지 않습니까. 시란 바로 이런 것이기에 한수의 시에는 반드시 상징이 깃들어 있어야 한다고 말하게 되는 것이랍니다.

동: 아, 그렇군요. 저도 그렇게 생각합니다만 이번엔 변형은 왜 필요한 것인지 마저 들려주시기 바랍니다.

현: 네, 앞에서 말씀드렸듯이 인간이란 하나의 세계로부터 시간의 축적과 더불어 반역, 초탈, 해탈을 꾀한다고 하였습니다. 이렇게 되는 것은 새로운 것에 대한 인간의 집착과 향상심이 그 본성으로 되기 때문이지요. 이러한 특성은 인간으로 하여금 필연코 현상태에 대한 초탈을 도모하게 하지요. 그렇게 하려면 반드시 변형이란 이 관적적인 고리를 거쳐야만 하지요.

이른바 변형이란 형태와 질적 변화를 통틀어 아우르는 대명사라고 봐야겠지요. 인간은 도식화되거나 관습화 되어버린 삶의 질서에서 벗어나 보다 자극적인 삶을 추구하게 되지요. 그런데 왜 하필이면 자극적인가 하는 의문도 있을 법 하지만 자극을 추구하는 인간의 본성은 이미지의 변형된 표현을 촉구하게 되는 것입니다.

그것은 능동적 가시화 즉 움직이는 통감의 기법을 필수로 하고 있지요. 모든 생명체는 움직이는 것이므로 "能動性"에 그 생명 존재의 가치가 부여되기 때문입니다. 또 "可視化"는 추상적인 것을 구체 감각화 된 형상으로 보여줌에 직관적 효과를 나타내고 있답니다.

그러나 이렇게 변형을 통하여 펼쳐진 이미지는 무조건 아름다워야 한다는 전제가 따르지요. 세상에 아름다움을 던져줄 때라야만이 이미지변형은 예술로 거듭날 수 있기 때문이지요.

동: 네, 잘 알겠습니다. 이런 상식적 인식은 모든 시문학에서 짚고 넘어가야 할 기초적 상식 아닌가 하는 생각이 들기도 합니다만...

현: 네, 그러나 딱 이 점이 오늘날 적지 않은 조선족시인들에게는 결여한 허점으로 나타나지요. 참 안타까운 일입니다.

동: 그렇네요. 그런 일면도 적잖은 비중을 차지한다는 점에 동감입니다. 하옵시면 변형과 상징의 이미지들 조합은 어떻게 이루어지는 것일까요? 그리고 복합조합이 시에서 일으키는 준칙 같은 것은 없는지요?

현: 네, 복합상징시에서의 이미지조합의 낯선 자극을 위해서는 우선 기성 질서에 대한 해체작업이 필요합니다. 즉 관습화된 상식이거나 윤리, 도덕, 철학 같은 것에 대한 반발과 철저한 파괴가 필요 한 것이지요. 이것은 다다이즘과 포스터모더니즘과 같은 경향의 이치라고 할 수도 있지요.

프랑스 철학자 질 들뢰즈(1925~1995), 피에르 펠릭스 가타리(1930~1992)가 「천개의 고원」에서 수목 이분법으로 주장하는 리좀의 원칙에도 언급되어 있듯이 세상 모든 것은 독립적인 존재이며 인간들이 그것을 자신의 필수에 따라 한데 묶어놓고 거기에 상상을 부여함으로써 점차 질서로 굳혀가게 되지요. 오늘날 인간은 그 질서이전의 독립적 존재상태의 세계에로의 환원을 꿈꾸며 그 환원세계에서의 새로운 질서를 창출해냄으로써 이차원(異次元)의 경지를 꾀하고 있습니다.

이런 특성이 복합상징시로 하여금 변형이미지들의 낯선 조합을 이룩해가는 동력으로 되고 있는 것이랍니다.
형태론 각도에서 보면 모든 상관물의 형태는 그 상황의 변모에 따라 각이한 뜻과 내함이 흘러나온다고 하였습니다.

룰을 벗어난 언어의 자유로운 조합은 새로운 이미지생성의 근원이 되기도 합니다. 하지만 이런 언어의 조합은 자연스러운 조합으로 거듭나야 하지요. 억지조합내지 지나친 강압조합은 세상과 공감대를 이룩하기 어려우므로 이럴 때엔 언어와 언어를 이어주는 점착제 같은 표현의 힘을 입어야 하지요.

이를테면 <모래>와 <토마토>를 강압적으로 붙여놓으면 <모래토마토>가 됩니다. 그러나 이렇게 붙여놓고 새로운 이미지 창출이라 한다면 이는 세상과 공감대가 이룩되기 어렵지요. 이럴 땐 이 두 개 이미지의 원활한 결합을 위해서 <점착제>같은 표현의 낯선 결합을 동반시켜야 할 것입니다.

　모래에 묻힌 토마토의 숨결
　모래로 부서지는 토마토의 색상
　토마토의 어제는 모래로 부서져 내리고
　… … …

이와 같이 표현하면 그 조합이 자연스러우면서도 낯설게 세상과 공감대를 형상하게 되지요.

그런데 여기서 이런 표현이 낯설게 되는 것은 그 표현이 지극히 환각적이라는 것에 있다고 볼 수 있습니다.

환각의 특성은 생각, 상상, 연상, 환상과 같이 인위적인 것이 아닌, 무의식 흐름 속 산물이라고 볼 수 있습니다. 즉 무아경속의 무질서한, 무방비상태에서 출범하는 영혼의 이미지현상이라고 볼수 있지요.

동: 아, 영혼까지 등장하네요.

현: 물론이지요. 시란 결국 인간의 마음이나 정서의 세계를 이미지로 펼쳐 보이는 것인데, 그 마음이나 정서는 인간의 육신에 부착해있는 영혼의 가르침에 의하여 각이한 변화를 일으키고 있지요.

우리는 늘 영감이 떠올라야 글짓기 쉽다고들 하지요. 영감이란 무엇일까요. 바로 영혼의 감각을 뜻하는 말인 것이지요. 다시 말해서 영혼의 느낌을 말하는 것이지요.

하기에 인간은 이 세상에 왔다 가면서 시종 영혼의 가르침을 터득해가는 것을 그 사명으로, 숙명으로 간주하고 있답니다.

그렇다면 그 영혼의 가르침은 어떤 것으로 시인 앞에 나타나는 것일까요? 그것은 화자의 무아경속의 무질서한 환각의 흐름으로 질서 없이 펼쳐지고 있는데, 화자는 그 환각의 세계에서 자신의 영혼이 점지해주는 것들만 골라서 한데 묶어놓게 되지요.

이것이 복합상징시를 쓰기 위한 첫 단계의 작업이지요. 하기에 시인은 시를 쓰는 것이 아니라 영혼의 감각을 받아 적는 기계적 도구에 불과하다고 말하기도 하는 것이랍니다.

그다음 작업부터는 영혼의 감각에 따라 받아 적은 환각적 이미지조합작업인데, 여기에서도 각이한 이미지들 사이의 조합은 느낌이 가는대로 붙여놓는 것입니다. 그렇게 묶어놓은 조합이 세상의 공감대를 울릴 수 있느냐 없느냐는 화자 영혼의 미학관과 세계관, 철학관, 인생관과 직접 연관이 되겠지요. 이는 또한 화자의 내공수련의 깊이와 높이와 너비와 직접 관련되는 것이라고도 할 수 있겠지요.

하기에 인간은 시종 영혼이 이끄는 대로 이미지의 변형조합을 환각의 장면흐름으로 재조합함으로써 낯설고 새로운 세계를 구축해가는 것이라 할 수 있지요.

여기에서 아주 중요한 것은 시인은 시를 쓸 때 이념의 주관입지에서 출발하여 쓰는 것이 아니라 시종 영혼의 계시에 따라 그

경지를 그려내고 그것에 대한 해법을 새로운 질서로 터득해간다
는 것입니다.

새로운 질서란 무엇일까요? 상징으로 펼쳐 보이는 새로운 질서
란 <딱 무엇이다>라고 하기보담은 그냥 어떤 환각적 변형장면
의 흐름으로 세상에 각이한 느낌을 던져주면서, 그 속에서 그
내함의 진지한 의미를 가려내게 하는 것이랍니다.

이것이 복합상징시의 주 특성과 창작에서의 이미지조합의 원리
와 법칙이라 할 수 있지요.

동: 아, 비록 장황스럽기는 하지만 솔깃한 말씀들이기에 감수가 새
로웠습니다. 복합상징시는 그 외 작시법에서의 독특한 점은 따
로 없는지요?

현: 물론 아무리 듣기 좋은 노래도 두 번 다시 들으면 따분하다는
말이 있지요. 복합상징시는 표현기법을 위한 특수한 경우를 제
외하고는 제목에서부터 본문에 이르기까지 같은 시어의 중복 사
용을 절대 금지하고 있습니다.

뿐만 아니라, 토, 형용사, 상태부사, 규정어, 수식, 설명 같은
것도 될수록 극력 자제하고 있습니다. 이와 같은 이치는 공백과
여백의 미학을 실행함으로서 세상에 상상의 깊이와 너비, 높이
를 한 차원 끌어올리는 습작학에서의 기초상식들이므로 반드시
지켜야 할 줄로 알고 있습니다만, 조선족시단에서는 아직도 이
런 병폐가 무성하기에 특히 강조하는 바입니다.

물론 시행과 연의 조직은 고정된 틀은 없으나 대체적으로 호흡
의 장단과 정감의 폭에 따라 구성되는 보편적이지만 낯선 자극
의 생성을 위해서는 이것마저도 파격적 시도를 이어가고 있는

것이 오늘의 현실입니다.

동: 그렇군요. 그러시다면 금후 복합상징시의 전망에 대해서는 어떻게 보고 계시는지요?

현: 네, 복합상징시는 중국 연변이란 시골에서 생성되었지만 오늘날 조선족시단, 한국 시단을 뛰어넘어 국제 시문학 영역에 영향 미치는 신형 류파의 시라고 할 수 있지요. 하지만 대중문화로서의 리얼리즘시와는 달리 초현실주의 상징시의 한 갈래인 복합상징시는 광범한 독자군을 수용하기 힘들게 됩니다. 이는 숟가락, 젓가락 같은 일상용품과 가격이 엄청난 꽃병의 구별과 같다고 할수 있지요.

복합상징시는 대중적 이해와 인식을 떠나서 지성적인 삶을 지향하는 형이상시문학 계열에 속하므로 금후에도 극히 협소한 독자군만 소유하게 될 것입니다. 하지만 그 예술적 높이와 사명은 부인할 수 없는 존재로 문학사에 당당히 지리매김을 하게 될 것입니다.

동: 아, 시인님, 감사합니다. 요즘 쟁점화제로 부상되고 있는 복합상징시에 대한 이해를 다소나마 가질 수 있도록 좋은 말 들려주셔 감사합니다. 금후 복합상징시의 폭 빠른 번영과 발전을 기대하겠습니다.

현: 감사합니다.

△, 둘이는 악수 나누며 인사를 주고 받는다.

「복합상징시」 창시인 김현순 시인

영혼을 해독하면서 인간의 본질을 표현하려는 시인

－중국조선족시몽문학회 회장 김현순 시인을 찾아서

■ 「해란강닷컴」 주간 · 주성화

영혼을 해독하면서 인간의 본질을 표현하려는 시인

요즘 중국 조선족시단에는 자그마한 경사가 있다. 50대 중반의 김현순 시인, 우리 모두에게 아동문학가로 알려졌던 김 시인이 성년 시 분야에서 과목 할 만한 성과를 올리고 있다. 올 4월 김현순 시인의 시집 "다르마의 눈까풀"이 한국 시선사視线社로 부터 제6회 시문학 해외대상 수상자 작품으로 선정, 출판되었고, 이어 5월에는 시선사에서 특별기획한 "우리 시대 서정시 100인선"에 선정, 김 시인의 시집 "너를 알고부터는"가 출간되는 기쁨을 우리 함께 나눌 수 있게 되었다. 김현순 시인은 이번 100인선에 선정된 중국의 첫 동포시인이다.

김현순 시인은 중국 안도현에서 출생, 조선족문단 등단 38년 경력을 지닌 중견작가로 자리매김 하고 있다.

번성하는 상품화 시대, 고도로 발전되어가고 있는 물질문명시대, 그리고 문학이 점차 넓은 시장을 잃고 있는, 방황하고 있는 시대에 살면서 수십년을 문학이란 한 우물을 파고 있다는 것 자체가 보기 드문 일이고, 또한 피타는 노력 끝에 "자그마한" 성과를 올릴 수 있고 동업종의 긍정적인 평가를 받는다는 것은 한번쯤은 조선족 언론에서 다루어야 할 "경사"임이 틀림없는 것이다.

문학, 특히 시문학에 대한 탐구는 지난 세기초부터 세계적으로, 또는 지역적으로 수없이 많이 진행 되어 왔고 그러한 추세는 거의 끊임이 없었다. 시의 내용과 표현기법에 대한 탐구가 그 주요한 내용이었던 것이다. 서구에서 시작된 여러 현대문예사조는 결과적으로

복합상징시에 대하여 설명하는 김현순 시인

문학 발전의 추진동력이 되었고 미래주의, 초현실주의 같은 문예사
조는 문학의 범주를 벗어나 그리고 예술의 범주를 초월하여 전반
사회적 운동으로 탈바꿈하면서 정당정치에 작용하고 사회 구성원
개개인의 일상생활의 변화를 가져오기도 하였다.

중국의 조선족문화도 지난세기 80년대초반을 기점으로 현대문학
을 과감히 접수하였고 상처문학, 반성문학, 나아가 해체문학 등 주
요한 과정을 거치면서 내용의 획기적인 변화와 상징시, 몽롱시, 입
체시, 주지시, 도템시 등 시문학창작에서 새로운 표현방법 시도를
거듭하여 왔고 가장 최근에는 하이퍼시에 대한 거듭되는 연구와 시
험이 지속되어 왔다. 이러한 과정의 초기단계에서 문학의 내용에 대
한 탐구가 주류를 이루었다면 현재에 와서는 내용적 탐구와 함께
표현 방식과 기교에 대한 실험이 병행되고 있다는 것이 주목할 점
이라 하겠다.

김현순 시인의 복합상징시 역시 이러한 연장선에서의 탐구와 추

구이며 시인의 시 본질에 관한 주장이 탐구와 추구의 밑거름이 되어 발효 되고 있는 것이다.

"복합상징시는 현실초탈의 무아경 속에서 새로운 질서를 찾아낸 후 그것을 다시 변형이미지로 아름답게 세상에 펼쳐 보이는 것에 특징이 있다."

김현순 시인이 복합상징시에 대한 해석이다.

여기에서 현실초탈의 무아경이란 영혼의 계시를 받아들이는 마음의 경지를 말하며 시인은 그러한 경계境界, 즉 시간과 공간의 제한에서 해탈 된 환각적 계시를 현실세계에서는 찾아볼 수 없는 진실한 인간의 본질를 발견할 수 있는 수단으로 간주하고 있는 것이다.

우리는 복합상징시의 주장에서 특히 초현실주의 사조의 흔적을 역역히 읽을 수 있다.

영혼 깊이 이성의 지배를 받지 않는 착란錯乱을 통하여 자신이 "보고" 또는 감각한 미지의 사물을 묘사하며 자신에 가장 충실한 본질을 드러내는 것이다.

복합상싱시는 명상을 극히 중요시하며 삼관感官과 환삭幻覚을 통하여 심상心像을 전수 받고 그 모양에서 본질에 가장 접근하는 의미와 이미지를 창출하는 것이다.

아픔이 가만가만 내렸다
부서지는 기억의 분말粉末
딛으면 소리가 난다
쁘드득...

천년을 참아온 고독
으깨지는 협화음

122

어둠이 꿈틀 놀라
저만치 물러나 있다

  - 시 「밤눈」 全文

　영혼의 계시를 받은 세계는 흩어지고 깨여지고 우리가 이성으로
이해할 수 없는 존재 밖의 존재로서 불확실하고 질서가 없는 임의
隨卽 배열이다.

　"시인은 그러한 계시를 이미지화하며 새로운 표현형식, 즉 이미지
창조와 조합, 배열, 균형 등 기교를 통하여 선율의 흐름과 미학적
구조에 맞게 재조합하여 인간의 본질을 세상에 보여주는 작업"이라
고 김현순 시인은 주장을 펼쳐가고 있다.

　여기에서 이미지의 조합은 현실에 대한 배신과 파괴가 다분하며
이로 인하여 초기에는 독자들에게 낯설게 느껴지고 거리감을 줄 수
도 있지만 이러한 단계를 넘어서 최종적으로는 평형이 유지되고 질
서가 잡혀 많은 독자의 공감과 심미의 아름다움을 만족시키는 것이
복합상징시에게 주어진 사명이겠다.

　김현순 시인이 주도하는 복합상징시의 탐구는 이미 4년전에 시작
되었으며 20여 명 시인들이 모여 "시몽문학회"(회장 김현순)를 결
성, 문학지 "시몽문학詩夢文學"을 발간, 이들의 탐구와 노력은 현재
한국 시단을 중심으로 하여 주변 사회에 영향력을 확장시켜 가고
있다.

　인터뷰를 마치면서 김현순 시인은 "인간 영혼의 새로운 질서를
찾아 이념이나 관념 아닌 이미지의 변형조합으로 깨달음을 전달하
는 것이 시인의 사명"이라고 새삼 강조하였다. 김현순 시인은 복합
상징시 이론저서 "복합상징시론複合象徵詩論"을 출간하기도 하였다.

조선속문단의 기라성/ 묵향

─평론가 김몽 선생을 찾아서

김몽─

본명 김룡운, 1948년 2월 23일 조선민주주의인민공화국 함경북도 종성군 출생. 6세때 중국에 건너와 길림성 화룡현 동성향 정착. 15세에 다시 조선에 건너가 공부, 21세에 다시 중국에 건너와 흑룡강성 오상현 밀락조선족향 중학교에서 교편. 1985년 중국 연변대학 조문계 통신학부 졸업 후 길림성 안도현 문화관에서 2년 근무. 그후 중국 연변사회과학원 문학예술연구소에서 전직연구원으로 종사. 2007년 정년 퇴직.

김몽, 그는 누구인가?

지난 8월 14일, 필자는 조선족문단의 찬란한 별이 되어 해내외에 빛을 산발하는 평론가 김몽 선생을 찾았다. 아래 김몽선생과의 인터뷰 내용을 대담식 그대로 게재 하는 바이다

김몽－(이하 "몽"으로 략함)
묵향－(중국 조선족시몽문학회 이사, 이하 "향"으로 략함)

향: 선생님 오랜만입니다. 그간 안녕하셨습니까?
몽: 네, 반갑습니다. 덕분에 잘 지내고 있습니다.

향: 다망하신 와중에 모처럼 시간을 할애해주시어 감사합니다. 선생님은 조선족문단은 물론 해외문단에까지 널리 알려진 분으로 인정받고 있습니다만 그 구체 업적들에 대하여 요약하여 말씀 주실 수 없을까요?

몽: 네, 나름대로 한생을 한겨레 문학을 위하여 근신하고 있습니다만 갑자기 업적이라고 하니 좀 긴장해 나는군요. 이 나이에도 말입니다. ㅎㅎ…
저는 줄곧 평론을 위주로 다루면서도 소설, 수필, 시, 가사, 칼럼도 적잖게 다루어왔습니다.

향: 아, 그러시군요. 정말 대단합니다. 선생님께서는 지금까지 많은 평론을 써냈을 뿐만 아니라 장편실화소설도 발표하여 각광 받는 줄로 알고 있습니다. 좀 자상히 말씀주시면 감사하겠습니다.

몽: 네, 장편실화소설 "일제치하의 민족심 심련수"와 상, 하권으로 된 "중국에서의 백범 김구"는 해외에서도 비교적 큰 센세이숀을 불러 일으켰다고 할 수 있지요. 그리고 무려 800페지에 달하는 "중국에서의 남영전의 문화현상"은 국내는 물론 해외에까지 인기도가 높아 한국의 "시와 사상"문학지에는 18000자에 달하는 저의 토템시 상관평론을 게재되기도 하였지요.

그 외 소설 10편, 수필 10편도 발표하였는데 소설 "장세근 영감 약전", "다시 부른 농부가"와 수필 "끌려가는 삶과 끌고 가는 삶"은 중국 조선족 순수문학지 「송화강」, 흑룡강신문사로부터 문학상을 수여받기도 하였습니다.

그러나 제가 주로 다루고 있는 평론의 끈은 단 한 번도 늦춘 적이 없었답니다. 이미 발표한 평론만 해도 근 500편에 달힘으로써 평론집 10여권의 분량은 착실히 된답니다.

향: 정말 그렇겠네요. 남다른 각고의 노력이 계셨기에 선생님은 괄목할만한 성취를 거둘 수 있었지 않나 생각이 듭니다. 아참, 그런데 심련수 시인 말씀인데요. 심련수라 하면 일제 치하에서 민족심과 애국심으로 가슴 불태우면서 별이 되신 천재시인 윤동주와 쌍벽 이룬 시인 아니시던가요. 심련수 시인에 대한 발굴은 선생님이 맨 첫 사람이셨다고 들었습니다.

몽: 네, 심련수 시인에 대한 발굴은 2000년 7월에 진행되었지요. 심련수 시인의 유작에 대한 발굴 작업과 그 행적에 대한 장편실화소설도 써냈으며 심련수 시작품에 대한 평론도 25편이나 써내

어 중국 조선족 평론문학상도 수여받았답니다. 심련수 시인에 대하여 발굴하고 선양한 공로는 국내외에서 크게 인정 받아 한국 강릉 「심련수 선양사업위원회」로부터 「심련수 공로상」을 수여받았으며 2010년엔 한국 「심련수 선양사업위원회」로부터 심련수 문학상을 수여받기도 하였답니다.

향: 아, 정말 대단하십니다. 조선족문단뿐 아니라 한반도를 아우르는 세계 한민족문학사에 길이 빛날 업적들을 세우셨다고 봅니다. 이에 앞서 선생님은 지난 세기 80년대, 중국 조선족시단에서 현대파시문학의 선구자이신 한춘 시인과 함께 손잡고 기여도 많으신 줄 알고 있는데요.

몽: 네, 리얼리즘 전통시를 맥락으로 허구한 세월을 달려온 조선족시단에서 한춘 시인은 선지자다운 역할을 하였지요. 그때 당시 저는 현대파시문학에 대한 평론과 논문들을 부지런히 써냄으로서 한춘 선생과 함께 조선족시단의 혁신을 위하여 혼신을 불태워 왔습니다. 오늘날, 하이퍼시, 복합상징시와 같은 신형 류파의 출현과 그 발전도 그때 그 시절, 현대파시 발전의 기초 상에서 이룩되지 않았나 생각을 가져보며 은근 슬쩍 자호감도 느껴본답니다.

향: 참으로 그렇네요. 그리고 보면 선생님은 진짜 조선족시단의 신시혁명을 위하여 혼신을 바쳐 오신 기라성 아닌가 싶습니다. 조선족시문학은 그동안 파란곡절의 노정을 거쳐 오늘에 이르렀다고 생각이 드는데요. 오늘날 조선족시문학의 현주소는 무엇이라고 생각하시는지요?

몽: 혁신이 없으면 발전이 없지요. 중국 당대시단의 평론가 풍원冯元 선생은 일찍 이렇게 말한 적이 있습니다. "중국 시문학은 도약

안하면 발전 못한다." 참으로 지당한 말씀이라고 생각합니다. 재래의 룰과 질서와 표현기법에 대한 파격 탈영토화가 이루어지지 않으면 재영토화를 이룩할 수 없다고 봅니다.

현재 조선족시문학은 한춘 시인이 주장한 현대파시문학의 뒤를 이어 최룡관 시인이 전파한 하이퍼시문학이 군림하였으며 또 그 후엔 김현순 시인이 창시한 복합상징시란 신형 유파의 시문학이 대두되면서 해내외에 그 영향력을 과시하고 있습니다.

하지만 반면에 사이비한 문학현상들이 난무하는 것도 가슴 아픈 현실이 아닐 수 없습니다.

지난 세기 90년대 초, 한국 김찬윤 시인에 의하여 발기되었던 "사진시"가 디지털 카메라의 출현으로 하여, 이상옥 시인이 발전시킨 "디카시"의 영향을 극심하게 받으면서, 또 행시의 무분별한 범람과 형식추구의 시조열풍으로 말미암아 조선족시단은 모진 진통을 겪고 있습니다.

디카시든, 행시든, 시조든 우선 시로 되어야 한다는 최저의 상식조차 망각한 가짜시인늘이 늑실거리는 편파적 현상은 가슴 아픈 현실이 아닐 수 없습니다.

어디까지나 참 인간의 참 문학으로 거듭나는 프로정신을 지녀야만 진정한 시인으로 거듭날 수 있다는 아집을 솔직히 털어놓고 싶습니다.

그러자면 성급한 창작에 앞서 문학의 본의와 인문학, 천문학, 점성학, 종교학… 등 다양한 지식체계에 대한 습득부터 해야 겠지요. 하지만 이렇게 되지 못하는 점들이 안타까울 뿐입니다.

향: 네, 저도 동감을 표시합니다. 요즘 세월 조선족문단은 사람마다 시를 쓰고 시인이 되어 으스대는 소위 "아마추어시대"라는 느낌이 들 정도로 역겨울 때도 있었습니다.

몽: 기실 기성문학에 대한 존중과 혁신의 과정이 없다면 언어예술로 서의 문학은 답보내지 종말이라 봐야 하겠지요. 한국 수필가 윤 재천 선생은 "소설적 수필, 수필적 시, 시적 소설…"을 주장하 면서 글로벌시대의 시점에서 기성 장르의 혼용의 작업도 실천해 가야 한다는 당위성도 주장하고 있습니다. 저는 2019년에 중국 「송화강」문학지에 "21세기 수필문학에 대하여"라는 논문을 발 표함으로써 당대의 문학 창신성에 대하여 언급한 적이 있습니 다.

낡은 터에서 이팝 먹던 시대는 지나갔습니다. 조선족시단도 시 급히 시문학의 혁신과 탈변에 더욱 더 정진해야 한다고 역점 찍 어 말하고 싶습니다. 열린 글로벌시대에 살면서 깨달음을 얻어 가는 영혼승화의 경지가 낯선 이미지의 변형조합으로 아름답게 펼쳐 보여 져야만 한다고 봅니다.

향: 지당한 말씀입니다. 선생님의 뚜렷한 견해와 가르침으로 하여 조선족시단은 바야흐로 보다 높은 차원에로의 발전이 가능한 것 이 아닌가 생각하고 있습니다.

선생님은 이처럼 학문에 혼신을 다 바쳐가면서도 세상에 대한 배려를 베푸시는 덕목 갖추신 분이라고 모두들 엄지를 뽑아들고 있더군요. 제가 알기에도 선생님은 조선족아동문학진영을 지켜 가는 데 일조하고 저 광범한 동북 삼성 산거지구의 유지인사들 을 찾아다니며 작가양성에 대한 기여를 아끼지 않으셨다고 들었 습니다. 사비를 팔아가며 지역마다 아동문학학회 설립을 크게 도와 나섰다지요.

그리고 이미 작고하신 조선족시단의 중견 강효삼시인의 첫 시 집 "저 멀리 세월너머"출간식도 마련해주셨다고 들었습니다.

몽: 네, 강효삼 시인은 흑룡강성 연수현이 고향이었답니다. 그때까지

만 해도 교통이 불편하였지만 저는 최삼룡, 전국권, 김성우, 한춘 등 연변사회과학원 문학예술연구소에 계신 연구원들과 연변대학 교수 및 흑룡강조선민족출판사와 흑룡강신문사의 유지인사들을 모시고 연수현까지 찾아가서 강효삼 시인의 첫 시집 출간식을 원만히 치르도록 조직사업을 해주었답니다.

그리고 한춘, 김성우, 림승환 등 문인들의 개인 작품집 출간세미나도 연변사회과학원 문학예술연구소의 이름으로 조직해주었답니다.

향: 아, 그러셨군요. 선생님은 그야말로 왕성한 창작력과 높은 덕목으로 조선족 문학사업에 큰 공덕을 쌓아 오신 분이십니다. 조선족문단의 방향을 제시해주시고 또 후더운 인품으로 세상을 품어주시는 멋지고도 거룩하신 별이십니다.

몽: 과찬입니다. 저는 오로지 저에게 주어진 삶을 열심히 살아갈 뿐입니다.

향: 너무 겸손하십니다. 선생님.

오늘 보귀한 시간을 할애해주셨기에 선생님에 대하여 더 한층 알게 되었고 많은 것을 배웠습니다. 감사합니다.

몽: 감사야 제가 드려야죠. 찾아주셔 고마울 따름입니다.

△. 인터뷰를 마치고 돌아서는 필자는 한없이 가슴이 뿌듯해났다. 놀빛 하늘이 유난히 아름다워 보였다

兒童
文學

김봉순   신현준   김다정   박은화   허두남   김 영

동시

김봉순/ 양배추 (외 3수)

신현준/ 꽃과 구름 (외 3수)

김다정/ 그리움 (외 1수)

황희숙/ 봄 (외 5수)

신금화/ 콤바인 (외 3수)

박은화/ 하늘옷 (외 3수)

우화

허두남/ 뽐내던 원숭이

허두남/ 발가락에 든 가시

아동소설

김 영/ 이슬방울에 달님

논평

김천사/ 조선족아동문학 개황

양배추 (외 3수)

□ 김봉순

해살을
꽁꽁 싸먹는다

바람을
꽁꽁 싸먹는다

새소리
꽁꽁 싸먹는다

어느새
동글동글

배뚱뚱이 되었네

별

하늘밭에
콩알들
노랗게 노랗게
널려있다

바람이
바구니 들고
줏고 주워도

밤
갈수록
많아지는 콩알들

시냇물

발도 없는데
굽이굽이
어떻게 먼길 떠날까

입도 없는데
조잘조잘
어떻게 노래 부를까

먹을 것도 없는데
천리만리
어떻게 달릴까

아아,
냇물은
배고프지도 않나봐

연필

사각사각
오른쪽으로만
달리는 외발쟁이

달리다 달리다
· · ·
똑 똑 똑
징검다리 건느고

달리다 달리다
/\/\/\
삐뚤삐뚤
주정뱅이 걸음도 한다

김봉순:
중국 조선족시몽문학회 이사.. 동심컵중한아동문학상 수상. 작품 발표 다수.

꽃과 구름 (외 3수)

□ 신현준

백일홍 빨간 꽃잎
훨훨 날아서
꽃노을
빨갛게 물이 들었네

민들레 하얀 홀씨
훨훨 날아서
흰 구름
두둥실 춤을 추었네

꽃과 구름 지켜보며
바람도 날고 날아서

푸른 하늘
너른 가슴 만져보았네

장마

시가지 거리마다
삼켜버리는 놈
엄한 선생님 나타나
길들여 주셨으면

아무데나 마구
덮쳐드는 놈
회초리로 짱짱
길들여 주셨으면

가을아침

빨간 편지 노란 편지
가득 펴들고
누굴 보라고 흔들고 있나

투명하게 말쑥하게
이슬 받쳐 올리며

기다림의 숲길에
마중 나선 꼬마천사들

첫눈

웃음들이 하얗게
깃 펴고 내린다

마을마다 애들이
까르르 까르르

기쁨 맞은 노래가
나풀나풀
나비 되어 날아다닌다

- - - - - - - - - - - - - -
신현준:
중국 조선족시몽문학회 회원. 중국 길림성 안도현 청곡특산물회사 사장. 작품 발표 다수.

그리움 (외 1수)

□ 김다정

한 글자 한 단어씩
정성 담아 써가네요

할미꽃 꽃향기로
글자마다 미소 짓네

할머니
그 사랑 따라
내 마음도 울었네

기다림

시간은 흘러흘러
덧없는 무정세월

지금도 그리움에
눈앞이 아른거려

어머님
그 이름 불러
별빛 천사 되었네

김다정: :
중국 조선족詩夢文學會 회원. 「한동포문인협회 회원. 동시, 성인시 발표 다수.

봄 (외 5수)

□ 황희숙

강물이
해님의 초대장
배달하지요

삐꺽-
삐꺽-

집집마다
문 열고

하얀
쪽배에 앉아
초대장소로 떠나요

바람이 살랑살랑
등 밀어주지요

진달래꽃

동글동글한
연분홍 물만두

속 많이 넣은
물만두

햇살이 설설
끓이자
금새 터져버렸다

연분홍 물만두
연분홍 꽃물 들었다

함박꽃

파란 치마 입고
연분홍 립스틱 바르고
꺄우뚱 거리지

나비와 꿀벌
뽀뽀해주니
입 다물지 못하지

아하, 보인다 보여…
노란 네 이빨

낙타

산을
두개 지고

백사장을
뚜벅
뚜벅

초인종

하늘 집에
초인종 두개 있다

낮이면 구름들이
딩동딩동

햇님댁의 초인종
살짝 눌러보고

밤이면 별들이
딩동댕동

달님댁의 초인종
가만히 눌러본다

나팔꽃

한번도
띠띠 따따
소리 내지 못하니

낮이면
부끄러워
입 꼭 다물고

새벽이면
가만히

입 열고
나팔 부는 연습 하네

황희숙:
중국 조선족詩夢文學會 이사. 연변교원시사 부회장. 동북아문학예술협회 회원. 동시집 「유월
에 내리는 눈」, 「성에꽃」, 성인시집 「지워진 글씨」 출간. 세계동시문학상, 시선 동시문학 해
외대상 등 문학상 수상 다수.

콤바인 (외 3수)

□ 신금화

서리꽃 하얗게 피면
자르릉 자르릉
이발기 돌리는 소리

너른 들 노란 머리
말끔히 깎는
부지런한 콤바인

자르릉 자르릉
지나간 자리마다

수염 깎은 할아버지
깔끔한 웃음소리
내려 앉는다

그것 참…
올해도 대풍이구나

해바라기

잘못한 게 있을 거야
꼭 벌 받는게 분명해

온종일 해님 따라
돌고 돌았는데도
얼굴엔 주근깨만 다닥다닥

뭘 잘못했을까
고개 숙여
하루 일 반성해보네

딱히는 모르겠지만
꼭 잘못한 게 있을 거야

흰 구름

아침이면 뭉게뭉게
하얀 꽃게 무리지어 간다

저녁이면 하얀 꽃게
빨갛게 익어

놀빛 열고 뭉게뭉게
집 찾아 간다

오늘은 이만, 낼 또 만나…
꽃게가 어둠 덮고
잠 자러 간다

눈꽃

하늘에 눈무지 하얀 눈무지
심술쟁이 바람이
밀고 다니며
산산이 부시어 하얗게 뿌리네

하지만 그게
무슨 대수란 말인가

겨울에도 추운 겨울
아기는 구름아기는
나비되어 훨훨 날아다니네

춤추며 온 세상 날아다니네

하늘옷 (외 3수)

□ 박은화

하늘에겐
옷 두벌 있다

파란색 옷
검은색 옷

하늘은
재간둥이다

파란색 옷엔
해와 구름
수놓고

검은색 옷엔
달과 별
수놓는다

나비

아―더워!
아―더워!

울밑의
봉선화가
소리치자

알았어!
알았어!

부채들고
달려오는
나비 한 마리

낮과 밤

하늘이
쪼로로기 단
커다란 옷 입고 있다

해님이
쪼르르
쪼로로기 열면
낮이 되고

달님이
쪼르르
쪼로로기 잠그면
밤이 된다

봄과 가을

파아란 옷 입고

누가 더 빨리 크나?
누가 더 빨리 크나?

키 재일 내기 하더니

빨강 노랑 페인트 묻은 옷

누가 더 빨리 벗나?
누가 더 빨리 벗나?

옷 벗을 내기 하는구나

박은화:
중국 조선족詩夢文學會 회원. 연변작가협회 회원.
연길시 황관혼례청 경리. 시, 동시, 수필, 소설 발표 다수.

우화 2편

□ 허두남

뽐내던 원숭이

교만한 원숭이가 곰과 함께 잣 따러 갔어요

잣나무마다 하늘을 찌를 듯 아츠랗게 솟았는데 괘씸한 잣송이들은 잣나무 제일 꼭대기에 다닥다닥 열려있었어요.

원숭이는 나무줄기를 잡자 어느 틈에 거미가 줄을 타고 올라가듯 눈깜짝새 그 높은 나무꼭대기까지 올라갔어요. 그런데 곰은 뭉기적거리면서 원숭이가 잣알을 똑똑 까서 입가심을 한지 한나절이나 될 때에야 겨우 나무꼭대기까지 올라갔어요.

곰이 조심스레 잣을 따는데 원숭이는 깔깔거리면서 곰을 비웃었어요.

"속담에 느려진 걸 죽은 게 발 놀리듯 한다더니 네가 잣 따는 동작이야말로 꼭 죽은 게 발 놀리는 격이구나! 하하…임마, 그래가지고 한 마대씩 들어가는 그 큰 배를 언제 채우겠니?"

곰을 놀려주며 나뭇가지 타고 평지 다니는 듯 오가던 원숭이는 건너편 나무에 잣이 많은 것을 보고 몸을 날려 건너편 나무에로 훌쩍 건너갔어요.

"뚱보야 너도 여기로 건너 오너라 여기 잣송이 다닥다닥하다."

원숭이 곰을 건너다보며 호들갑스레 소리치자 곰은 고개를 도리도리 저었어요.

"난 자신 없어. 그러다가 떨어지면 큰 일 날라구?

"눈이 작으면 겁이 없다더니 넌 쥐 눈에 겁쟁이구나"

"방법 있니? 부모가 그렇게 낳아준 걸…"

"넌 도대체 능한 것이 뭐가 있니? 황소처럼 미련한데다 토끼처럼 겁쟁이니…그러구두 무슨 멋에 사니? 내라면 잣나무에서 뚝 떨어져 죽고 말겠다."

"못났다고 죽어서야 되니? 그건 낳아준 부모님에 대한 불효야!"

"뭐? 하하하 이거 원숭이 웃긴다"

한바탕 호들갑스레 웃어대던 원숭이는 배속의 웃음이 다 나가자 이렇게 말했어요.

"어이, 천하 효자님, 정 겁나거든 내가 뛰는 걸 잘 보고 나를 본따 뛰어라!

그리고는 훌쩍 뛰어 건너 왔다가 또다시 훌쩍 뛰어 건너 갔어요.

"난 몸이 비둔해서 안돼!"

그래도 곰이 못 건너뛰자 곰을 손가락질하는 원숭이.

"이 겁쟁이야, 내 눈 감고도 너보다 낫겠다. 봐라, 난 눈 감고 건너뛸게!"

곰은 다급히 말렸어요.

"네가 능한 걸 잘 알았으니 제발 위험한 짓만은 하지 말라!"

"뭐가 위험한 짓이란 말이니? 네겐 위험한 짓이겠지만 내겐 요까짓 데를 건너 뛰는 건 오줌 싸는 것보다도 더 쉬워!"

"얘, 이 형님이 이렇게 사정할게. 위험한 행동 하지 말라! 자고로 뽐내다가 잘 되는 자는 없다."

"뭐라구? 너 지금 인생철학을 강의하니? 내 오래 사니 별 꼴 다

본다.”

“너보다 우둔한 자에게도 들을 말이 있는 법이다.”

“에익, 밥통 같은 자식, 헛소리 집어치우고 내 재주나 구경해봐!”

원숭이는 이렇게 큰소리치고는 정말 눈 감고 몸을 훌쩍 날렸어요.

하지만 날고뛰는 용사라도 장님이 되면 허수아비인법이지요. 뽐내던 원숭이는 건너편 나뭇가지를 잡지 못하고 그만 나무에서 쿵 떨어졌어요.

아츠랗게 높은 잣나무에서 떨어졌으니 아무리 교예배우처럼 재간 많은 원숭이라 해도 한동안 일어나지 못했어요. 그래도 다행히 빨간 엉덩이부터 땅에 닿았기 망정이지 머리부터 떨어 졌더면 크게 다칠 번 했어요, 한참만에야 간신히 몸을 일으킨 원숭이는 엉덩이가 아파나고 나무에서 떨어지면서 나뭇가지들에 다치고 긁힌 곳들이 아파나서 울상을 지었어요. 그 바람에 원래 주름투성이인 얼굴은 더구나 보기 구차한 흉상이 되였어요.

친구가 나무에서 떨어지는 것을 본 곰은 나무줄기를 타고 급히 내려왔어요. 곰은 죽은 줄 알았던 원숭이가 크게 다치지 않은 것을 보고 안도의 숨을 내쉬었어요. 그는 원숭이의 손을 잡으며 위로했어요.

“이만하길 다행이다. 난 너 아주 잘못 되는 줄 알았어!”

원숭이는 곰의 진정어린 위로의 말에 성을 발칵 냈어요.

“미련둥이 똥보야, 이게 다 네 탓이다!”

“내 탓이라니?”

“임마, 너에게 배워주려다가 떨어졌으니 네 탓이 아니고 뭐냐?”

발가락에 든 가시

꽃사슴은 뒤쪽 발가락 하나가 따끔따끔 아파서 고슴도치중의진료소에 찾아갔어요.

고슴도치의사는 명망이 아주 높은 중의로서 특히 침구술은 세상이 다 알아줄 만큼 대단하답니다. 침구를 얼마만큼 사랑하는지는 그의 의사복을 보면 알 수 있어요. 길 갈 때도 식사할 때도 침구를 연구하기 위해서 침을 다닥다닥 엮어서 의사복을 만들었답니다.

때마침 애호박에다 가시침을 다닥다닥 꽂으면서 침구술연구에 열중하던 고슴도치의사는 꽃사슴이 살짝살짝 다리를 절며 다가오자 콧등의 안경을 밀어 올리며 인자하게 물었어요.

"어디가 아파서 왔나?"

"발가락이 좀 아파서요."

"발가락이? 어디 보세."

고슴도치 의사는 안경을 다시 쓰고 꽃사슴의 발가락을 자세히 진찰했어요.

"별일 아니구만. 발가락에 가시 들었네."

고슴도치 의사는 침통을 열고 침 한대를 꺼내 들다가 도로 집어넣고 제 몸에서 가시털 한대를 뽑아들었어요.

"이왕이면 새 침을 써야지. 자, 어서 가시를 빼세."

꽃사슴은 침을 보자 아이들이 밤도깨비를 보았을 때처럼 몸을 오싹 움츠렸어요.

"침으로 뚜져서 빼나요?"

"그래. 금방 뺄수 있으니 념려말게".

"싫어요. 선생님, 전 무서워요."

꽃사슴은 눈을 흡뜨며 한 발작 물러섰어요.

고슴도치의사는 의자위에 일어서서 발꿈치를 들고 꽃사슴의 어깨를 다독이며 인자하게 말했어요.

"헌헌대장부가 까짓 가시 하나 못 빼겠나? 그러지 말고 어서 이리 오게. 독이 있는 가시여서 제때 빼지 않으면 상처가 곪을수 있네."

"아니, 전 못 빼요. 침을 보기만 해도 닭살이 돼요."

"하, 알만한 젊은이가 웬 고집인가? 그러지 말고 어서 빼세나."

하지만 꽃사슴은 막무가내였어요

"싫어요. 전 싫다구요."

꽃사슴은 손사래 치며 고집 쓰고 집으로 돌아갔어요.

며칠 뒤 꽃사슴은 발가락이 곪아 다시 고슴도치의사를 찾아갔어요.

"우리 병원에서는 고칠수 없으니 딱따구리서의병원에 가보게."

꽃사슴은 야구방망이에라도 맞은 듯 정신이 뗑해났어요.

꽃사슴은 하는 수없이 절뚝거리면서 딱따구리서의병원으로 찾아갔어요. 딱따구리의사는 이름난 서의인데 병진단과 병치료에서 조예가 깊었어요. 특히 마취약을 쓰지 않고 하는 그의 "딱딱수술"은 병자들의 병을 딱딱 떼여 모두가 엄지손가락을 내들지요.

딱따구리의사는 쓰고있던 버드나무병치료에 관한 론문을 밀어놓고 꽃사슴의 상처를 자세히 진찰했어요..

"이렇게 될 때까지 내버려두다니…인차 수술해야겠네."

딱따구리의사는 혀를 끌끌 차면서 시퍼런 수술칼을 꺼내들었어요.

수술칼을 보자 꽃사슴은 사시나무 떨듯 부들부들 떨었어요.

"전 수술은 죽어도 못 하겠어요."

딱따구리의사는 저으기 화가 났으나 꾹 참고 딱딱딱 일깨워줬어요.

"심장수술도 아니고 발가락 하나를 수술하는데 뭘 그리 겁내나? 지금 수술하지 않았다간 때를 놓치게 되네. 전번 날 도토리골 버덩 이서방도 맹장수술을 제때 안 했다가 잘못 됐다네."

"선생님, 제발 불쌍히 여겨줘요. 수술하지 않고 약으로 치료해 주시면 제가 이 보배 뿔을 드릴게요."

꽃사슴은 산호처럼 생긴 멋쟁이 뿔을 가리키며 말했어요.

딱따구리의사는 낯선 이를 보듯 꽃사슴을 바라보더니 이렇게 내쏘았어요.

"그까짓 뿔이 몇 푼 가나?"

"이 뿔은 인삼, 담비가죽과 함께 세상에 이름난 장백산의 3대 보물이지요. 그리고…"

"그만 닥치지 못할까? "

딱따구리의사는 꽃사슴의 말허리를 자르며 꽥 소리쳤어요. 어찌나 성이 났는지 진정하지 못하고 의자등받이에 포르릉 날아올랐다 내려앉았다 하면서 턱을 딱딱 맞쪼았어요

"자네 지금 그것도 말이라고 하는가, 엉? 내가 그래 뇌물을 탐내 환자의 생명을 가지고 장난칠 의사 같은가? 그까짓 뿔이 그래 자네 생명보다 더 비싼가? 내 솔직히 말해주지. 이제 시간을 더 끌면 다리가 잘못 될 수 있네."

꽃사슴은 퀭한 눈으로 딱따구리의사를 물끄러미 바라보다가 맥없이 고개를 떨어뜨렸어요. 정말 다리가 잘못되면 어쩌나 생각하니 눈물이 뚤럴뚤렁 굴러 떨어졌어요. 하지만 그는 종시 수술하겠단 말을 못하고 어깨가 축 쳐져서 절뚝절뚝 집으로 돌아갔어요.

상처는 날마다 점점 더해졌지만 꽃사슴은 다시는 병원을 찾아가지 않았어요. 수술이란 생각만 해도 시퍼런 수술칼이 눈앞에 떠올라

몸서리치며 이불을 뒤집어썼어요.

발목까지 곪아 걸을 수 없게 된 때에야 꽃사슴은 후회했어요.

(가시를 제때 빼지 않았다가 이 꼴이 되였구나! 인젠 걸을수도 없으니 어떻게 의사를 찾아가나?)

허두남: :
중국 조선족詩夢文學會 회원. 「불에 타죽은 여우」 등 소설집, 우화집, 동시집 출간. 세계동시문학상 등 수상 다수.

이슬방울에 달님

□ 김 영

새날이 각일각 밝아왔어요. 창밖 정원 화분마다 나비와 벌들이 사방에서 모여 들어 꽃가지 사이로 날았다 앉았다하며 나풀나풀 춤을 추고 있었어요.

정원에 아름답게 피어난 꽃송이에 앉은 나비들을 멍하니 내다보는 할아버지 얼굴에 우는지 웃는지 모를 표정이 떠올랐어요.

(나비가 되었으면…)

빙그레 웃음 짓는 할아버지 흐릿한 눈망울에 이슬이 고여 들었어요. 고요히 입으로 새여 나오는 말을 알아들을 수 있을 사람은 애오라지 할아버지 자신뿐이었어요.

비록 머릿발은 하얗게 세었지만 시커먼 눈썹아래 있는 노인의 검은 눈은 두 점이 불꽃처럼 잿더미 속에 애어린 싹이 움터있다는 것을 밖으로 나타내는 역할을 하는 것만 같았어요.

이윽고 할아버지는 이상하다는 눈길로 방을 둘러보았어요.

"이 애가 웬 일이지? 오늘도 학교 가는 날인데…"

할아버지는 바보스러운 표정으로 이불을 뒤집어쓰고 지금도 자고 있는 외손자를 지켜보았어요.

창으로 부챗살처럼 비껴들어오는 햇살이 이불을 끄잡아 당기는 듯 꽃이불이 꼼지락 꼼지락 거리면서 그 속에서 이상한 소리가 들려왔어요. 흡사 여인이 신음소리 같았어요.

침묵 속에서 뚫어지게 이불을 내려다보는 할아버지 모습이 점점 장승처럼 굳어져 가고 있었어요.

"이 눔 자식이!" 하고 할아버지는 버릇대로 구들에 놓여있는 효자손을 덥석 잡아들었어요. 그리고는 사정없이 이불을 확 나꾸어 챘어요. 그러자 발가벗은 채 핸드폰을 끌어안고 정신없이 이상한 동영상을 보고 있던 지운이 모습이 드러났어요.

"그게 뭐야?! 이 눔 자식아?!"

할아버지는 벽력같이 소리치며 효자손을 높이 추켜들었어요.

순간 지운은 꿈을 깨는 오뚝이처럼 발딱 자리를 차고 일어나며 새된 소리를 쳤어요.

"외할머니 사람 살려요!"

"이마에 피도 마르지 않은 자식이 벌써부터 그런 거 봐 엉?!" 할아버지는 효자손으로 사정없이 지운이 엉덩이를 후려치려 했어요..

"아가~ 잘못 했어요 할아버지…"

지운이는 맞지도 않고 비명 찌르며 손이야 발이야 빌었어요. 억울하였으나 순간 매는 피하여야 한다는 본능적인 반응 때문이었어요.

"아이, 이 영감이 애를 왜 때려요?!"

주방에서 아침상을 차리던 할머니가 실성한 사람처럼 달려와 지운이 앞을 막아섰어요. 그리고는 마치 자신이 얻어맞은 듯한 표정으로 지운이 몸을 이리저리 살피다 험하게 일그러진 얼굴로 할아버지를 독수리 눈매로 쏘아보았어요.

홀연 금방까지 달팽이처럼 몸을 옹송그리고 잘못했다던 지운의 작달막한 키는 기지개 켜는 꼬마기린처럼 느슨히 늘어나고 갸름한 얼굴에 상큼한 코와 볼록한 입술은 세차게 씰룩 거렸어요. 그의 도수 높은 안경알이 번뜩거렸어요. 연신 안경을 추슬러 올리던 그는 연신 깜박이던 머루알 같은 새까만 눈알을 까뒤집고 조개턱을 바짝 쳐들며 한손으로 배아래 고추를 가린 채 성난 고양이처럼 할아버지 턱 밑에서 삿대질 했어요.

"왜 아동을 폭행해요?! 외할아버지를 아동폭행죄로 경찰에 신고하겠어요! "

급작스레 돌변하여 감때사납게 달려드는 지운의 모습에 할아버지는 할 말을 잃은 듯 멍해서 쩝쩝 입만 다시었어요.

"…"

"그래, 그래 네 말이 옳다‥"

외할머니는 덩달아 기특하다는 표정으로 지운이 역성을 들었어요. 그러자 더욱 도고해 진 지운이는 외할머니 잔등에 바싹 붙어 서서 선생님이 애들을 훈계 할 때처럼 허리에 양손을 찌르고 할아버지를 닦아 세우기 시작하였어요.

"외할아버지 중화인민공화국 헌법을 알아요?! 중화인민 공화국 헌법 제‥‥"

"할아버지도 알고 있다! 요놈 자식이…"

"알고 있으면서 왜 그래요?! 알면서도 아동을 폭행하면 고의상해죄로 엄벌을 받는단 말이얘요.!"

"…"

할아버지는 때리지도 않고 아동폭행 범이 된 것 같은 느낌에 억이 막혀 부질없이 천장을 쳐다보며 코웃음 쳤어요. 그야말로 울지도 웃지도 못할 판국이었어요.

"응 응… 이렇게 똑똑한 애를 때리다니, 지금 어떤 시대인데 영감 정신 있우?!"

"노친, 이애 이불 뒤집어쓰고 뭘 봤는지 아우?! 내 원 기 막혀서

쯧 쯧 고양이는 수염부터 난다더니…"

"이불속에서 핸드폰으로 외국어 공부 했단 말이예요!"

지운이는 머리를 갸웃하고 나오지도 않는 눈물을 손등으로 쓱 닦으며 볼 부은 소리 토했어요.

"괴상한 여자 신음소리가 외국어냐?!"

"아따 영감도 괴상한 여자 신음 소리 같다니 분명 외국어구만. 그래 빨리 아침 먹고 학교 가자."

"할머니. 저 할아버지 손에 효자손 때문에 겁이나 이불 쓰고 공부했어요. 저 효자 손 보니 오늘 시험 성적 발표마저 두려워 나요. 저 효자손 빼앗아 버려주세요."

"오냐 오냐…"하며 할머니는 지운에게 옷을 입혀 주었어요.

지운이는 할머니 볼에 키스했어요. 그리고는 할아버지를 흘끔 쳐다보며 약 올리듯 입을 비쭉해 보이었어요. 그 양에 할아버지는 허구픈 웃음을 지어 보이었어요. 그런 줄도 모르고 할머니는 "요 깜찍한 것이 호 호…"라고 하며 그를 한 품에 꼭 껴안아주고는 주방으로 끌고 나갔어요.

할아버지는 한숨을 길게 내쉬었어요. 단단히 혼내주고 싶었으나 학교 가는 애를 그렇게 할 수도 없고 아직 열 살도 되지 않은 애를 주눅 들게 할 수도 없는 일이었어요. 귀한 자식일수로 엄하게 대하여야 한다지만 매번 지운이하고 말로 시비도리를 따져도 이긴 적이 한 번도 없었어요. 할아버지 한마디 하면 지운이는 열 마디 백 마디 기관총 쏘듯 했어요. 그리고 책도 보고 인터넷에 들어가 놀아 그런지 알고 있는 것도 많았어요. 그러나 이번 일 만은 그냥 넘어 갈수가 없었어요.

할머니가 지운이를 데리고 학교 가자 할아버지는 한국에 있는 지운이 엄마와 아버지에게 오늘 아침에 있은 일을 알려주고 어떻게 하였으면 좋겠는지 모르겠다고 하였어요. 소식을 들은 지운이 엄마와 아버지는 펄쩍 뛰었어요. 사정없이 혼내야 한다고 했어요.

'지령'을 하달 받은 할아버지는 지운이 하학하기를 기다리며 어떻게 그 어린것이 상처입지 않으면서도 못된 버릇이 고개 쳐들지 못하게 하겠는가를 생각하였어요. 그렇게 생각하면서 보니 지금 아이들을 도무지 이해할 수가 없었어요. 도대체 아이인지? 어른인지? 도리어 칠십 넘은 자신이 어린애 같아 보이기도 했어요.

할머니가 돌아오자 할아버지는 아침에 있은 일을 상세히 말하고 한국에 딸과 사위한테 전화 해 보라고 하였어요. 할머니는 믿어지지 않아 한국에 전화해 보았어요. 딸은 어머니가 지운이를 해친다고 울며불며 야단들이었어요. 그제야 정신이 드는지 할머니는 눈물 훔치며 억울하다며 푸념 질이었어요. 그래도 저녁에 지운이를 혼내야 한다는 할아버지 말에는 설레설레 머리 저으면서도 이전처럼 강경히 반대하지는 않았어요.

오늘 저녁에는 비밀이 새어나가는 것을 미리 막기 위해 할머니 대신 할아버지가 지운이 데리려 학교로 갔어요.

아이들이 오구작작 떠들며 학교 대문으로 밀물처럼 쓸어 나오기 시작했어요. 이윽고 지운이 모습이 보이였어요. 무수한 애기벌들에 둘러싸인 왕벌처럼 지운이는 앞배를 쑥 내 밀고 뒷짐 지고 교장 선생님처럼 점잖게 팔자걸음으로 걸어 나오고 있었어요. 지운이 보다 키가 한 뽐 나마 큰 상급 반 애들마저 지운이 주위에서 감돌며 웃고 떠들며 야단들이었어요.

(저애가 웬 일이지?)

할아버지는 얼굴을 찡그리고 쯧쯧 혀를 찼어요. 어른의 흉내를 내는 것도 꼴불견이고 아이들한테 놀림당한다고 생각하니 기분이 언짢아났어요

할아버지를 발견한 지운이는 삽시에 어깨가 축 처졌어요. 그는 성난 듯 길가에 떨어진 담배꽁초를 발로 찼어요. 그리고는 느릿느릿

다가와 할아버지를 의아한 눈매로 빤히 쳐다 보다 아무런 말도 없이 획 등을 돌려대었어요. 할아버지는 말없이 지운이 어깨에서 책가방을 벗겨들었어요, 묵직했어요. 이렇게 무거운 것을 애들이 매일 메고 다니다니? 할아버지 마음언덕에 어딘가 모르게 측은한 생각이 실안개처럼 피여 올랐으나 애어린 것이 인사 한마디 없이 자신을 머슴 대하듯 하는 행실이 꽁해서 중얼거렸어요.

(벌써부터 이런 것이…)

"뭐가요?"

지운이는 몸을 획 돌리며 물었어요.

"아니. 아니다"

"할아버지?…"

지운이는 갑자기 그 무슨 신비한 놀이감 바라보듯 할아버지를 쳐다보다 해시시 웃었어요.

"왜 그러느냐?"

"히히 야~"

지운이는 마치 정신 나간 애 같았어요 그리고는 느닷없이 할아버지 주위를 돌았어요. 그러다가 두 팔을 벌리고 맴을 돌고 돌다 머리로 할아버지 엉덩이를 송아지처럼 마구 비벼 대였어요..

"이 애가? 무슨 일이냐?"

"…"

지운이는 급기야 정신이 드는지 눈도 깜박거리지 않고 할아버지를 말끄러미 쳐다 보다 획 몸을 돌렸어요.

"할아버지하고는 말 안 해요!"

"뭐라?!…"

"쳇!"하고 지운이는 입을 비쭉해 보이고는 개선장군처럼 턱을 잔뜩 쳐들고 뒷짐 지고 보이지도 않는 앞배를 애써 내밀며 할아버지 앞에서 팔자 걸음으로 걸어갔어요. 그 모습은 구경꾼들이 주는 사과

반쪽 받아가지고 우쭐 거리는 공원의 원숭이 같아 보이였어요.   그
양에 할아버지는 어이없는지 웃으며 (건방진 자식, 어디 저녁에 두
고 보자.) 라고 입속으로 중얼거렸어요.

집에 들어선 지운이는 집안 분위기가 예전 같지 않음을 느끼었어
요.

한국에서 걸려오는 어머니 전화를 받고 있는 할머니는 지운이를
보고도 반색하지 않고 자못 근심어린 표정으로 그를 한번 픽 흘겨
볼 뿐이었어요.

"응, 응, 지운이 학교 갔다 금방 왔다. 뭐라고? 지운이 바꿔 달라
고? 응, 응, 알았다. 지운아, 엄마 전화다. 빨리 와서 받아"

"엄마?…"

하고 지운이는 환성 올리듯 소리쳤어요. 언제나 보고 싶고 그리운
어머니 전화였으니 말이예요. 지운이는 어머니란 말만 들어도 부질
없이 울고 싶고 막 뒹굴며 떼질 쓰고 싶었어요. 어머니 전화란 소리
에 기쁨을 어떻게 표현해야 할지 몰라 하는 지운이 모습이 애처롭
도록 귀여웠어요.

…

핸드폰을 받아 쥔 지운이는 귀청을 찌르는 듯이 들려오는 어머니
말에 불에 덴 토끼처럼 발딱 뛰며 소리쳤어요.

"거짓부리! 고자질쟁이 할아버지 거짓부리예요!"

"내가 왜 거짓말하겠느냐?! 이 눔 자식이…"

할아버지는 눈을 부라리며 효자손을 집어 들었어요.

"할아버지는 우둔 도깨비…"

"뭐라?! 이 눔 자식이 응 잘못했으면 잘못했다고 반성 하는 게 아
니라 오히려 고집 쓰며 생사람 잡다니?! 그게 더 고약하다. 이 눔
자식아!"하고 할아버지는 효자손으로 지운이 엉덩이를 내리 쳤어요.

할아버지는 사정없이 내리치는 흉내를 낼뿐 그렇게 아프게 때리

지는 않았어요. 하지만 지운이는 죽는 소리 치며 울며불며 야단이었어요. 사실 매보다 할머니도 어머니도 말리지 않는 것이 더욱 아팠어요. 누군가를 붙잡고 하소연이라도 하고 싶었어요. 가슴이 터질듯 답답했어요. 한국에서 고생하시는 어머니마저 자신을 믿지 않으니… 눈물이 저절로 쏟아 졌어요.

(씨, 안되겠어.)

급기야 상황 파악이 가는지 지운이는 울음을 그치고 호주머니에서 자신의 핸드폰을 꺼내 그 이상하다는 동영상을 풀었어요. 그리고는 영상 통화로 그 동영상을 어머니에게 보이었어요. 그것은 한 영국 여성이 간드러진 목소리로 영어를 가르치는 동영상이었어요. 그래도 성차지 않는지 지운이는 와락와락 책가방을 뒤지더니 이번 시험 성적표를 꺼내 돌덩이 팽개치듯이 장판에 던지고 숨이 차 쌕쌕거리었어요

"봐요! 과목마다 100점 전교 일등 했어요. 그런데 씨, 엉 엉⋯⋯"

지운이는 손가락 사이로 할아버지와 할머니 기색을 훔쳐보며 짐짓 발버둥 치며 대성통곡하기 시작했어요..

삽시에 집안은 침묵마저 얼어붙은 듯이 무겁고도 심각한 기분이 흘렀어요. 이윽고 할머니는 지운이를 품속에 끌어안고 기쁨에 넘쳐 웃었어요. 그리고는 입을 지운의 볼에 비벼대였어요. 할머니는 힘껏 지운이 얼굴과 눈을 취한 듯이 바라보고 한참동안 웃었다가 또 다시 힘껏 포옹하여 주었어요. 그러다가 "아이!"하고 별안간 말을 뚝 끊고 할아버지를 노려보는 것이었어요. 이어 할머니는 목이 터지는 소리로 웨쳤어요.

"이런 애를 때리다니?! 당신 정신 있우?! 엉? 빨리 애한테 잘못했다고 비우⋯ "

순간 할아버지는 눈물에 젖은 몽롱한 눈길과 면구스러워 하는 미소가 담긴 얼굴로 멍하니 지운이를 지켜 보다 부지불식간에 효자손

을 무릎에 대고 나무토막 내 듯 뚝 하고 분질러 방바닥에 내 동댕이쳤어요. 그리고는 눈물이 글썽하여 지운이를 바라보았어요. 한품에 지운이를 와락 끌어 안아주고 만세를 부르고 싶은 충동을 느끼었어요. 할아버지 마음을 직감하였는지 지운이는 자리에서 일어나 어른들처럼 뒷짐 지고 "으음!" 하고 군소리까지 내었어요. 그리고는 익살스럽게 턱을 잔뜩 쳐들고 위풍 부리었어요. 그 양에 할아버지는 "헉!" 하고 웃으며 몸을 돌렸어요.

할아버지 심정은 간장 식초 기름을 막 뒤섞어 놓은 것만 같았어요. 어딘가 모르게 지운이 보다 자신이 더 단순하고 천진하고 유치해 보이었어요. 이윽고 할아버지는 애써 마음을 묵삭이며 천천히 창가로 다가 갔어요.

하늘에 두둥실 떠오른 둥근 달은 은빛으로 어루만지듯 정원을 비쳐주고 있었어요. 서로 속삭이는 듯이 깜박거리는 별들을 바라보는 꽃봉오리 얼굴들마다에 이슬방울이 대롱대롱 맺혀 반짝이고 있었어요.

할아버지는 그 이슬방울 속에 비낀 달님이 보이지 않는 천년바위 가슴에 깃든 병아리 울음소리를 은근히 엿들으며 미소 짓는 것을 보았어요.

김 영: :

중국 조선족詩夢文學會 회원. 「용의 삼형제」 등 장편동화, 소설집, 동화집 출간. 리영식아동문학상 등 해내외 문학상 수상 다수.

중국 조선족아동문학 개황

□ 김천사

1. 조선족아동문학이 걸어온 길

주지하는바 조선족이라면 한 세기 이전, 한반도에서 이주하여 간도를 중심으로 그 주변에 산거하여 정착한 조선인과 그 후손들을 통틀어 일컫는다고 할 수 있다. 이민 3세, 4세를 거쳐 5세에까지 이르는 기간, 조선족은 한민족이라는 자부심을 잃지 않고 겨레의 언어 문자를 지켜왔었다.

조선족이 조선족이라 불리기 시작한 것은 1952년 9월 3일, 연변 조선족자치주가 성립되면서부터 정식으로 불리어진 이름이었다. 그 이전엔 조선인, 한인으로 명칭이 혼용되었다. 그리하여 자치주성립 전 중국에서의 우리 민족 아동문학을 조선족아동문학이라 해야 하느냐, 한인아동문학이라 해야 하느냐, 조선아동문학이라 해야 하느냐를 두고 오늘날까지 시비가 그치지 않고 있다.

하지만 상관없이 중국 땅에 거주하는 우리 민족의 아동문학만은 잠시 크게 조선족아동문학이라 가정해놓고 본고를 피력해 보려 한다.

　일찍 조선족아동문학은 간도일보, 만선일보를 통하여 싹트기 시작
한바가 있다. 일제치하에 있던 상황이었지만 당시 안수길, 윤극영,
강경애 선생의 영향 하에 아동문학은 그래도 생기와 희망을 잃지
않고 있었다.

　반달할아버지로 불리는 윤극영선생의 뒤를 이어 윤동주시인이 나
타났으며 8·15광복 후에는 김례삼, 채택룡 등 선생들이 궐기하여 아
동문학을 전승해나갔다. 그 이후로는 이민 2세, 3세, 4세, 5세의 아
동문학가들이 그 뒤를 이어나가면서 조선족아동문학의 맥을 이루어
나갔다.

　중화인민공화국 창립전 조선족아동문학은 일제치하에서의 삶의
질고에서도 꿈과 생기와 희망을 안겨주는 것이 핵심이었다면 중화
인민공화국 창립후 조선족아동문학은 중국공산당의 따사로운 햇살아
래 튼실하게 자라는 새 일대의 무한한 행복과 긍지를 만천하에 자
랑하고 구가하는 것이 핵심이었다.

　그런 와중에 작가들은 중국아동문학의 영향을 직접 받으면서 중
국특색이 있는 조선족아동문학으로 거듭나는 자부심으로 벅차 있었
다.

　이 시기 대표작으로는 김례삼의 "고갯길"과 채택룡의 "기차놀이",
윤정석의 "앵코타기"를 들수 있다.

　그러나 그 시대를 지나 중국은 대약진, 문화대혁명의 사회주의 기
치 밑에 어린이들은 조국의 주인공이 되어 공산주의위업을 위하여
분투하여야 한다는 사상으로 아동문학이 통일전선을 이루어나갔다.

　이 시대 대표적 작가들로는 김득만, 김만석, 최문섭 등 많은 사람
들을 꼽을수 있는데 "뭇별들은 어째서 깜박이나요", "인사드리자",
"대기 따라 나가자"와 같은 작품을 들수 있다. 그러나 그런 기후에
서도 어린이들의 심성을 파헤쳐 시대의 흐름에 물젖지 않은 깨끗한

동심만을 걸러내어 그것을 문학으로 승화시킨 작가들도 있었는데 그 대표적 작가들로는 농민작가 김영과 허씨네 삼형제인 허충남, 허봉남, 허두남을 예로 들수 있다.

　김영의 "딱곰과 그의 벗들", 허충남의 동화집 "거꾸로나라 여행기", 허봉남의 장편소설 "엄마 찾는 아이", 동화집 "거짓말나라 국경선", 허두남의 우화집 "불에 타죽은 여우"와 같은 작품은 시대의 장단과는 상관없이 동심의 맑은 하늘을 펼쳐보인 수작秀作이라는데서 특히 문학사적 의의가 크다. 그 외에 전복록 작가의 동화 "귀돌이와 세발가진 황소", 허호범작가의 "짐승들이 세운 기념비", 전춘식작가의 "짝귀와 카카"와 같은 작품들도 홀시할 수 없는 작품으로 인정이 되어있다.

　개혁개방의 시대에 들어서면서 조선족아동문학은 한 차례 격변기의 세례를 겪게 되었다. 쇄국정책이 풀리면서 한국을 통한 세계아동문학의 다양한 유파와 사조가 물 밀 듯 조선족문단에 쓸어들어 왔다. 좁은 울타리 안에서 대천세계에 직면한 조선족 아동문학가들은 분별없이 외래 작품들을 마구 답습하다보니 패러디, 모방, 도작이 난무하는 폐단을 초래하게 되었다. 그러나 김만석, 김현순 등 대바른 지성인들에 의하여 이러한 형국은 점차 정리되어 나갔다.

　개혁개방이 심화되고 글로벌시대에 들어서면서 조선족아동문학은 점차 자아반성의 단계에 들어서면서 개성수립의 단계를 맞이하게 되었다.

　틀에 맞춘 삶에서 자신의 이상과 도덕과 심미적 추구를 선호하면서 국제아동문학의 흐름에 합류하려는 노력이 돋보인 시대라고 할 수 있겠다.

　이 시기의 대표적 작가들로는 한석윤, 김철호, 김현순, 리태학, 정문준, 최동일, 이영철, 신철국, 김미란 등을 들 수 있다. 이들은 새로운 의식과 표현기법으로 초탈의 경지를 구축하려고 알심을 들여

왔다. 한석윤은 한국동시의 진면모를 연변에 맨 첨으로 소개하였으며 김현순은 동시의 다양화와 소년시 개척의 선두에서 열심히 뛰었다. 또한 리태학은 동물이야기를 소설로 끌어올렸고 정문준은 서정동화의 개척에 알심을 들였으며 이영철은 동화창작에서의 이야기흐름의 합리성에 대한 연구를, 최동일은 짓눌린 동심의 활성화에 모를 박았다. 신철국, 김미란은 재래식 소설과 동화에서의 재래식 구조적 특성에서 벗어나 개량아동문학에 대한 탐구로 정진하였다.

세월은 살같이 흘렀다. 새천년에 들어선 조선족문학은 새로운 형세 하에서 중국공산당의 핵심영도사상을 높이 받들면서 이른바 "홍색아동문학"을 흥기시키는 열조를 불러일으켰다. 사회의 밝은 면과 적극적인 인소를 골라 노래하고 공산당의 따사로운 정책을 구가하며 그 햇살아래 나타나는 영웅사적, 선진사적을 발굴하여 널리 홍보하는 것이었다.

이에 많은 사람들이 새롭게 필봉을 바꾸어 앞장 나섰는데 그들은 그 주류를 이루면서 아동문단을 리드해가고 있다. 그러나 그에 상응하지 않은 소수의 작가들은 세월의 장단과는 상관없이 순수문학에로의 탐구로 거듭나고 있다.

현재 중국 조선족아동문단에는 세 개의 단체가 있다. 연변작가협회 아동문학창위원회, 연변조선족아동문학연구회, 중국 조선족시몽문학회가 있는데, 시몽문학회는 2004년 3월 5일에 창립된 사단법인 아동문학학회와 시몽동인회의 합병체로서 복합상징시를 위주로 하면서 성인문학과 아동문학을 함께 아우르고 있는 단체이다.

2. 아동문학의 다양화와 단일화의 경계선

조선족아동문학은 80년대 초엽까지는 이론의 참조가 크게 없이 자체발전을 거듭해왔다. 그러다가 연변대학 조선한국어 연구중심에 있는 김만석 교수에 의하여 "아동문학과 그 창작"이란 책자가 출간되면서부터 그것을 많이들 참조하게 되었다.

김만석 교수는 일찍 사천성에 있는 아동문학가 홍신도교수의 "동화학", 상해 절강사범대학 장풍교수의 "아동문학개론", 쏘련 쓰제반노와의 쏘베트아동문학, 일본 죠우쇼우이찌다로우 아동문학입문, 조선김대교과서 아동문학과 아동문학창작수업, 한국 이재철 교수의 아동문학개론, 한국아동문학사를 탐독, 학습한 적이 있다.

김만석교수의 아동문학리론은 김철호, 김장혁 등 광범한 작가들에게 영향을 주면서 조선족아동문학을 근 40년간 리드해왔다.

하지만 조선족 아동문단에는 급변하는 글로벌시대의 발걸음과 심미적 취향에 초점을 맞추지 못한 점과 빗나간 이론의 혼란으로 하여 적잖은 문제들이 물의를 불러일으키고 있다.

아래 그 혼란스러운 문제들 가운데서 몇 가지만 조목식으로 나열해 보겠다.

1. 아동문학의 독자대상은 순수 어린이이다.
2. 소설에서의 서두는 환경묘사로 되어서는 안된다.
3. 동화는 산문화된 아동문학작품이 아니라 과장과 환상에 의거한 판타지적인 것이어야만 하며 사물의 본질적 특성을 벗어나서는 안된다. 이를 테면 배추는 땅에 뿌리를 박고 살기에 배추가 하늘로 날아다니거나 달아 다닌다고 해서는 안 된다.
4. 동시는 무조건 깜찍하고 귀엽고 기특하게만 써야 한다.

상기의 이런 극단적 폐단은 반드시 시급히 극복해야 할 것이다. 세월의 흐름에 따라 김현순을 비롯한 많은 시인, 작가들은 낙후한 조선족 기성아동문학이론의 병폐를 극복하며 새로운 차원에로의 노력을 아끼지 않고 있다.

3. 아동문학 작가대오와 아동문학의 생존환경

조선족아동문학작가대오는 극심한 로령화에 처해있다. 아마추어라 해도 40대에 두 세 명, 50대에 두 세 명일 뿐 기성작가는 거개가 60대 후반에서 80대에 머무르고 있다.

현재 조선족인구분포상황을 살펴보면 한국에 진출해있는 조선족이 120만 미만, 대련, 청도, 위해, 상해, 광주 등지에 산거해있는 인구가 40만 미만, 연변의 수부 연길시엔 인구 60만 가운데서 조선족은 10만도 안 되는 상황이다. 그리고 전 연변의 중소학생 수를 몽땅 합쳐도 3만이 안 된다.

더구나 이제 곧 대학입시에서 조선어과목을 폐지하게 되는 형국에서 조선어에 대한 활용은 풍전등화의 국면에 처해있다.

이러한 상황에서 조선족 아동문학가들에게 생존의 길은 두 갈래밖에 없다고 인식하고 있다.

첫째. 중국어공부를 잘하여 직접 중국문단에 진출하거나 자신이 쓴 작품을 중국어로 번역하여 중국의 주류문단에 진출하는 것이다.

둘째. 세종대왕님이 창제하신 우리 글 우리 문자로 창작하여 한반도로 진출하는 것이다.

4. 새로운 지평을 열며

조선족아동문학은 한민족아동문학의 분리할 수 없는 일부분이며 중국아동문학의 일부분이기도 하다. 중국특색이 있는 사회주의 대가

정에서 중국몽, 부흥몽, 일대일로의 벅찬 흐름 속에서 민족의 정통성을 지켜 국제한민족아동문학 대동맥에로의 합류를 꾀하는 것은 조선족아동문학의 최종 분투목표라고 할수 있다.

시대는 발전하고 예술은 찬란한 문명을 맞이해오고 있다. 조선족아동문학의 밝은 미래를 기원하면서 이로써 조선족아동문학개황에 대한 일가견을 간추려본다. 기탄없는 지적이 따르기를 기대해본다.

한국 쉴만한물가작가회
詩특집

한국 쉴만한물가작가회는 중국 조선족시몽문학회와 처음으로 「한중 상징시연구세미나」를 개최한 문학단체로서 한중 상징시문학사에 역사적 의의를 과시하고 있는 단체이다.

강순구　　서비아　　박종규　　손계숙　　류한상

정수영　　남궁영희　　장순복　　소향화　　박대산

윤정식　　박희우　　윤외기　　장병진

아카시아 꽃 필 때면 (외 1수)

□ 강순구

간편한 옷차림에
아들과 배드민턴
한게임 마치고서
원성천 하천가에
새하얀 아카시아꽃
그늘 아래 앉아본다

아카시아 꽃향기가
그윽한 오월이 되면
그 시절 생각난다
순이와 고운 추억이

학교를 마치고 나서
산속 길을 걸어 집으로
향하여 함께 가던 시절
산길에 댕기 머리 순이와
아카시아 꽃잎을 나눠 물고
꽃그늘 마주 앉아서
아카시아 긴 이파리를
누가 먼저

'가위바위보'

순이가 자주 내는 보자기
난 일부러 빙그레 웃으면서
주먹을 내곤했었지

그것도 모르고서
이마에 얼마나 세게
알밤을 때리는지…

그 시절 순이는 소식이 없고
아카시아 꽃향기만 추억에 젖게 하네

7월의 소나무

칠월의 태양빛의 뜨거운 열기아래
개울가 모래밭에 여름이 익어가고
7월의 소나무들은 보란 듯이 자란다

솔방울 달궈지고 신음소리 내 뱉어도
하늘의 푸르름을 쳐다보고 견뎌내며
내면도 잘 익어간다 단비소리 들으며

가을날 단풍지는 그날을 향하여서
장마와 긴긴 가뭄 바람도 이겨가며
오늘도 걸어가리라 뚜벅뚜벅 쉼없이.

강순구:
쉴만한물가작가회 발행인 겸 회장. (사)한국문인협회 회원. (사)한국아동문학회 이사. 청소년미술협회 자문위원. 2022년 세계한류문화공헌대상(문화예술발전공로부문), 모범청소년지도자대상(문화교육부문), 자랑스러운 한국문인상, 그리스도인의 자랑스러운 선행상 등 수상. 「시집 시가 의자가 되어주다」외 2권, 동시집 「6학년 7반 아이들」외 1권 출간.

물빛 그리움 하나 (외 1수)

□ 서비아

가슴 언저리 사랑
씨앗 하나가
꽃씨가 되었습니다

빗물이 흐르듯
가슴속에 모두 스며들지
못한 사랑이
흘러 보내지 못하고

사랑하는 마음 묻어 둔 채
책갈피에 덮어둔 채

물 빛 그리움은
날개를 모은 채
뜨거운 가슴
사랑의 빗물이 되어

오늘도 그리움 하나가
무지개로 피었습니다.

청춘靑春

영롱한 봄빛이여
신록으로 가는 봄이여
눈 부시고 부신 화려함이여
푸르고 푸른 날
내게도 있었던가?

에라 어느 시인처럼
"내 나이 세어 무엇하리"
그게 뭐 그리 대 수인가

늘 내 마음
빗물에 씻긴 나뭇잎처럼
보드랍고 맑고 순수하면
되는 것을

푸르고 푸른 나날
새들도 날아오고
벌 나비도 날아오네

너도나도
웃음꽃 세워주고
기쁨 주며 내 마음이 봄이지

춥고 어두운 맘 아니면
그게 청춘이지 별것인가
계절의 여왕처럼
나날이 보석 만들며
살아가는 게야

서비아:
쉴만한물가 발행인겸 회장. 한국문인협회 회원. 한국아동문학회 이사. 한국아동청소년문학협회
상임위원. 자랑스러운 한국문인상. 대한민국명인대전 문학부문 대상. 한글 나라사랑 시부문 최
우수상. 저서 「시도 사람을 그리워한다」 외 5권.

고향 떠나오던 날 (외 1수)

□ 박종규

새순 돋아날 때 마냥 즐거웠고
푸른 잎 달리고 두터워지면서
거친 바람이 자꾸 무서워졌다

여름밤 하늘 가로질러 떨어지던
별똥별을 보며 소원을 빌었다

겨울밤 초가지붕 처마 밑
참새들의 집안을 더듬으며 모험을 즐겼다

사시사철 고함을 지르며 허덕이던 기차가
처음으로 앙가슴이 조이는 듯 아팠다

누더기 같았던 얇은 이불 속에 몸을 녹이고
아버지 신발 터는 소리를 들으며
나는 갈 거야 서울로… 다짐했다

개구리 소리, 소쩍새 소리, 귀뚜라미 소리…
가끔 맹꽁이 소리, 더 가끔 야경꾼 소리
정든 것들 소복이 남겨두고

눈물 흘리시던 예순의 어머니
아직도 동구 밖에 가물거린다

화장터에서

통곡 없이 들이닥쳐 물고 간 목숨
좁은 골목을 기웃거리다
넓은 세상으로 돌아가고 있다.

불꽃 속에 모든 적의를 태워 버리고
초월로 뛰어넘는 본향 길

곤궁해도 정든 세상
긴 이별이 두려워서 주저했던 사람
칠흑 같은 어둠을 벗고
은혜가 달빛처럼 출렁이는 곳에
목련꽃처럼 향그럽게 피어나라

눈물이 방울방울 진주가 되고
울음이 마디마디 노래가 되며
시들지 않은 꽃으로 피어나는 곳에서
다시 밝은 빛으로 깨어나라

구근이 썩어도 향기가 한 섬
필시 영원한 것도 없으나
영원히 사라지는 영혼도 없다

박종규:
목사 시인 수필가 칼럼니스트 은지화가. 쉴만한물가작가회 운영이사. 시가 흐르는 서울문학회
회장. 대한문학작가회 부회장. 전문인 문서선교회 회장. 수상 한국교육자대상 본상, 우수도서저
술상, 출판문화상, 황금찬 문학상,환경문학대상, 동양문학대상, 자랑스러운 한국문인상 등 수
상. 시집 「영혼을 살리는 시와 말씀」 외 다수. 저서 「하늘문이 열리는 꿈」 외 103권.

어머니 마음 (외 1수)

□ 손계숙

어머니 마음은
늘 봄날이다

'꽃길만 걸어라'
'꽃길만 걸어라'

우리를 응원해 주는

어머니 마음은
늘 봄날이다

그대 홀로 자는가

눈물이 난다

간밤의 무서리에
얼마나 놀랐을까
얼마나 아픔이 컸을까

그대 홀로 자는가
그대 홀로 누웠는가

'색즉시공'이지만
그대 떠나보내는 마음
천근만근 슬픔 덩어리다

소소한 기쁨을 주던
오래 함께하고 싶었는데

이제 훠얼훨
바람처럼 자유타가

그대 영혼
다시

꽃으로 피거라

그대는 난초의 왕 군자란이어라.

손계숙:

한국 경남 진주 출생, 진주교육대학 졸업 후 다년간 교직생활. 現 한국문인협회 전통문화 연구 위원, 국제펜클럽 회원, 한국현대시인 협회 회원, 「쉴만한 물가」공동발행인. 2003년 『문예 운동』 시인 문효치 선생님 추천으로 등단. 설송문학상, 한국문학 비평가 협회 문학상, 자랑스 러운 한국문인상, 대한문학상, 제5시집 「단시야 놀자」등 5권.

멋진 세상 (외 1수)

□ 류한상

높은 하늘 광활함은
꿈과 희망 가득하게
펼쳐라 펼치어라 함이라

시원하고 청청한 마음
아름다운 세상을 향해
외치라 외치어라 함이라

드높은 산과 울창한 숲에는
활기찬 생명들이 존재하여
계절마다 즐거운 노래여라

푸른 바다 넓은 들판
희망이 넘쳐나는 곳
평화로운 정원에는 꽃천지

아름다운 자연 세계
감사 기쁨 행복 가득
풍기어 넘쳐나리니

좋은 세상 감사하며
아름답고 즐거웁게
신나게 살아가자.

시인은

시인은 온 몸으로 노래를 부릅니다
마음의 감화 감동 손끝이 그립니다
온 세상 모든 만물들 다 그릴 수 있는 이

시인들 가슴에는 창조의 샘물 고여
창조주 하나님의 생기가 가득하니
끝없이 흘러 솟구쳐 창작 샘물 넘친다

시인의 손끝에서 문화의 꽃이 피고
그 향기 온 세상 방 만이 풍겨낸다
문화와 예술의 씨는 시인들이 뿌린다

류한상:

김포문인협회 회원. 목사. 시인. 수필가. 가곡작사가. 목양문학회원. 전)서울중구문인협회 3대
회장. 한국문협. 국제펜클럽. 인사동시협회장. 기독여성신문 주필

나는 행복한 자 (외 1수)

□ 정수영

그렇게도 가슴 아리고
슬픈 사연이 낙엽처럼
소복소복 쌓인 과거일지라도
후회하지 않고
감사함으로 가슴에 쓸어 담고

돌아올 내일은
무지갯빛 하늘 소망으로
독수리 날개 치며 올라감 같은
꿈을 꾸며

세상이 주지 못하는
주님이 주신 선물
오늘을
감동과 감사로 살아간다
난 행복자로다

그리움

깊은 산골짜기
무거운 침묵의 숲
바위 이끼 적시며
바다가 못내 그리워
틈새 물이 흐느끼듯
라떼 커피 한잔
즐기는 맘속엔
하늘 정원으로
슬며시 숨어버린
그 사람
사뭇 그리워
뜨거운 눈시울에
강물이 흐느낀다

정수영:
상록수 문학 시부문 등단. 쉴만한물가작가회 부회장. 한국아동청소년문학협회 이사. 한국문인
협회 회원. 시집 「시가 하늘길 열었다」 출간.

초평호에서 (외 1수)

□ 남궁영희

별이 많이 뜨는 마을은
행복하다

산 그림자 내려와
몸 담그고 하루를 놀고

태양이 호수와 눈 맞추다
벌개진 자취를 남기고
산 너머로 사라지면

달이 쉬며 얼굴 씻고
별들도 초평 호수로 내려와
흔들리는 물의 품에서 잠든다

밤새 별들이 모아 온 사연
헹구고 헹구느라
물결 분주하고

맑은 빛만 남을 때를 기다려
물안개 피는 새벽

남모르게 별의 몸을 열어
담아준다

하늘로
날아오른 별들은
마을 위에서
밝은 사연으로 빛나고

사람들은 왜 아침마다
새로운 행복이 솟는지
잘 모른다

제비꽃

먹빛 청천에
귀여운 꽃잎 하나
산란하는 빛살 타고 내려오시네
보랏빛 미소 지으며

겨울 꽃바람 타는
청음 한가락
내 무릎팍 툭툭 치시네

사랑의 꽃잎이어라
그대를 한 잎에
아삭아삭 깨물고 싶은 겨울날

설렘의 입술로 단아하게 피어올라
너의 심장 박동을 들을 수 있을 때
이미 해후의 꿈을 꾸고 있겠지

남궁영희:

아호 단아(緞雅). 한국기독교작가협회 회원, 쉴만한물가작가회 회원, 선진문학작가 회원,
기독교문예 회원, 시문학 회원, 기독교 문예 신인 작가상(2015년), 세계문학 우수 작가상(2022
년), 저서 제1시집 「오늘도 꽃을 피우는 그대에게」

항해 (외 1수)

□ 장순복

긴 밤이 끝났어
악몽을 걷어차고
두 눈을 크게 떠봐.

변한 건 없지만
새날이 펼쳐졌어.
하루의 기회를 놓치지 마

오늘을 항해해 봐
닻을 멀리 던져봐
맘껏 바람을 향유해봐

펼쳐진 바다를
소리치며 만끽해봐
-우와와와 -

파랑波浪이 인다고
쉬이 주저앉지는 마
더 멀리 나아가는 동력일 뿐

항해를 계속해
매일 닻을 던지고
매일 바다를 향해 나아가

매일
오늘처럼
내일도 그렇게

안부

어떻게 지내는지 궁금하지만
차마 연락하고 싶지는 않아
세상은 더할 나위 없이 편해져서
손가락 조금 까딱거리면 되는데
마음이 돌상처럼 움직이지 않아

너의 안부가 나의 안위에
분명 파란을 일으킬 것을 알기에
나는 잘 지내느냐고
허공에 묻고 혼자 답하지
그래, 잘 지내겠지 라고!

장순복:
한국문인선교회 회원. 쉴만한물가작가회 회원. 여성백일장 산문 우수상, 소월 백일장 수필 장
려상, 국민일보 신앙시 신춘문예 시부문, 수필 차하, 쉴만한물가 시부문 우수작가상. 시집 「항
해」

인생에게 (외 1수)

□ 소향화

선택의 기로에서
줄달음의 인생
이것이 옳은가
저것이 옳은가
항상 미숙하네요

인정과 사랑의 이름으로
늘 갈대처럼 갈등하며
아스라이 불안과 초조를
맞기도 해요

자유함을 잃고
꽁꽁 묶여 버린 사람사이
인생의 굴레는 답이 없이
공감대와 이해를 바람이
힘들어
어른이라 되 내지만
실수 연발

인생은

어렵네요
그럼에도
사랑스런 마음,
고마운 마음이 움트는
이것이
인생이에요

내리사랑의 섭리

아이를 낳으니
부모라는 이름표가
내 등에 얹어졌다
그 이름표의 의미와
상관없이
아이가 귀엽고
사랑스러워서
행복하다

세월이 흘러
그 아이는
나와 같은 이름표를
그 아이 등에 얹었다
그 아이는 또한
그 아이의 아이를 보며
귀엽고 사랑스러워서
행복하다고 한다

그 아이의 부모인 나도
그 아이의 아이가
더욱 귀엽고도 사랑스러워서
행복하기만 하다

이것이
하나님의 섭리 안에서
느껴지는
내리사랑인가보다

소향화:
시인 칼럼니스트. 쉴만한물가 작가회 회원. 시민포커스 발행인. 제주 아이비트리 대표.

구름 같은 생이라 해도 (외 1수)

□ 박대산

쓸려만 온 건 아니다
구름 같은 생生이라 해도
외로운 하늘가에
꽃구름도 피워보고
물 없는 먼 땅끝으로
쏟고 싶은 단비여

귀 기울여본 세상 풍조
허허 웃고 마랴마는
하나의 생명을 위해
넘나드는 이역異域의 영토
조국祖國아 북녘 하늘아
일어나 함께 가자

순례자 삶이기에
머무를 곳 없다지만
천지에 밝아오는
아름다운 나라가 있어
청산도 벗으로 삼고
유유히 꿈꾸며 간다

단풍길을 걸으며

가을이면 흔히 볼 수 있는 단풍길도
카메라 영상에 담으면 어찌 그리 고운지

꽃잎처럼 흩날리는 낙엽을 밟으며
내 마음 영상에 담아보는
그대 모습은 참 예쁘다

아, 만물의 아름다움은
창조주의 아름다운 영광의 빛을 반영하는 것
우리의 겉사람은 나무껍질처럼 여위어가도
속사람은 천사처럼 웃는다

박대산(朴大山):
시선집 「한 떨기 풀꽃도 님을 위하여」, 자전적 시와 에세이 「인생의 길이 자기에게 있지 아
니하니」 외(外) 다수. 쉴만한물가작가회 시(詩)부문 대상(大賞). 세계문학회 시(詩)부문 대상
(大賞). 대한민국기독교서예협회 우수상 초대작가 등

일흔송이 들꽃 (외 1수)

□ 윤정식

365일 매일
헤매었습니다
가는 길목마다
애쓰고 힘쓰며
찾고 또 찾았습니다

아무리 찾아도
그 어디에도
보이지 않던 그 꽃이
어느 날 봄 햇살에
살작쿵 다가왔습니다

신기해
보고 또 보았습니다
그러다 돌아보니
다른 꽃들도
보이기 시작했습니다

하나 둘
찾고 찾은
어여쁜
일흔송이 들꽃을
가슴에 꼬옥 안았습니다.

덕소 나루터에서 길을 묻다

강남 한복판에서
시달리고 찢긴 몸
맑은 물 맑은 공기 찾아
남양주 덕소까지 왔다네

한강을 배경으로 거닐고
꽃과 초목 친구하며
탁구로 몸 단련하니
몸과 맘 건강 찾았네

강변의 노을 붉게 타니
내 마음도 타올라
나팔꽃 활짝 피어
시인의 꿈 이룬다

이생에 남은 여정 길
그대와 함께
오순도순 살갑게
황혼의 꿈 이루며 살리

윤정식:

세계문학회 시부문 신인문학상. 한국문학예술저작권협회 회원. 쉴만한물가작가회 운영이사. 쉴
만한물가작가회 작가 본상. 저서 시집 「일흔송이 들꽃」, 「덕소나루터에서 길을 묻다」

내 아버지 (외 1수)

□ 박희우

하늘을 보라
별을 보라
수많은 별들
저곳에 내 아버지
함께 계신다

날 보고 계시는
내 아버지 창조주
날 도와 주시고
항상 지켜주시는
창조주이신 내 아버지
저 곳에 내 아버지 함께 계신다

약속

가을바람에 밀려
얼어붙었던 산아
살랑이는 바람에 녹아 내리고
아지랑이 사이로 소근대는 소리
깊숙이 숨어 자던 생명들
기지개 켜는 소리

새순은 가지마다 뾰족 내밀고
작년 가을 약속인 듯
화려하게 돌아온 산야에 꽃들
가지마다 꽃망울 환한 웃음 짓는다.

박희우:
한국방송 통신대학교 졸업. 계간 「한국작가」 수필 등단. 현재 한국작가와 성남문인협회 회원.
에세이 성남동인. 쉴만한물가 운영이사. 쉴만한물가 수필부문 작가대상. 수필집 일상의 미학.
시집 「또 다른 생명」

여울의 시간 (외 1수)

□ 윤외기

정갈하고 깔끔한 하늘이
단장한 매력 물씬 발산하고
아우러진 화려한 자극은
둘도 없는 너와 나의 사랑이어라

휑하니, 박차고 나온 대문
무작정 떠나는 여정의 먼 길
안개를 헤치고 걷는 동안
낮게 드리워진 하늘에 가슴 밟힌다

사랑을 담아내는 시간
여울의 시간을 건너
두 마음이 서 있던 자리에
스며드는 가슴에 잠겨버린 눈시울

무거워 감기는 눈까풀 들어
겨우 몇 번을 깜박이며
하나도 뺏기지 않으려는 욕심은
텅 빈 가슴 채워도 주름만 가득하다

포부도 당당한 모습은
양어깨 펼친 검푸름 두른 채
후드득 떨어지는 침묵은
눈물마저 예쁘고 한없이 사랑스럽다

인연

시간은 결코
덧없이 흘러감이 아니라
부족함도 마주침의 반복인 것을

수많은 시간 널브러져도
알게 모르게 닮아가고
어느 날 깜짝 놀랄 만큼 닮은 모습에
전혀 그렇지 않다고 생각하지만
은연중에 닮아가나 보다

서로가 조금씩 알아가는 것처럼
수 없이 그리워지는 시간조차
체념이 시간을 막아도
잊어버린 시간의 흐름에 맞추어간다

처음부터 다 그렇다
서로 닮아가지만
왜 닮아 가는지 까닭은 모른다

윤외기:
문학愛 시 등단, 쉴만한물가작가회 운영위원, 문예마을 이사, 문학愛 편집위원, 시와 이야기 정
회원, 현대문학사조 정회원, 다솔문학 회원, (전) 현대시선문학 부회장, 강원경제신문 코벤트가
든문학상 대상, 김해일보 신춘문예 우수상, 시동네 문학상, 시담문학대상 외 다수, 시집 「그리
움의 꽃잎편지」, 「갈바람이 전하는 연서」 출간.

벼이삭 (외 1수)

□ 장병진

퍼붓던 뙤약볕이
서쪽에 물러가고

벼이삭 찰랑대니
밤에는 귀뚜라미

달빛에
영혼까지도
흔들어서 깨운다

봉선화

한여름 뙤약볕에
색깔로 편지 쓴다

나비가 날아오니
꽃잎이 부끄러워

봉선화
사랑 이야기
손톱으로 약속해

장병진:
(사) 한내문학 시 부문 신인상 등단. (사) 한내문학상 본상 및 공로상. 쉴만한물가 시조부문 신
인문학상 등단. (사) 한내문학 논산 지회장. 쉴만한물가작가회 일본지회장. 시집 「말을 한다」
(2020년), 「 센다이 공항」(2021년), 「말을 한다」(일본어판), 「하늘, 땅과 별」,「보석 같
은 인생」출간.

다른 풍경선

최룡관　　박문희　　전병칠　　박장길　　허동식

방미화　　김승종　　윤청남　　김진이

◎ 편집자의 말:

　「다른 풍경선」은 중국 조선족시단에서 활약하고 있는 각이한 유파의 대표적 시인들의 秀作을 가려 뽑아 선정함으로써 신형 유파인 「복합상징시」와 구별되는 특점을 가지고 있다.

석양을 향하여 기는 기차 (외 2수)

□ 최룡관

기차가 석양을 향하여 드르릉 달리고 있다. 커튼은 바위가 되었다. 바위 사이로 은빛강물이 고요히 흐른다.

길가의 나무들이 좌르르 흙탕물이 되여 쏟아지기도 하고 산사태가 되여 우르릉 탕탕 구르기도 한다. 외로선 사무는 뱀장어가 되여 구불거리기고 해마가 되여 흔들거린다.

바다위에 집들이 올망졸망하고 하늘에는 소금무지들이 여기저기에 쌓이어있다.

하늘 사자 소나기로 운다. 지붕이 북 잡아 두드린다. 호박잎 발가락 피아노 친다.

씨앗 뿌리기

무지개 씨앗 받아서 산에 들에 뿌린다
칠색의 꽃들 지천에 피어난다
산과 들 쭈욱 허리를 편다
흰구름들 썰매 타고 쌩쌩거린다

바람 씨앗 받아서 강물에 뿌린다
하얀 기발들 펄럭이고
강변 돌들 나래 펴고

하늘 씨앗 땅에 뿌리고 땅 씨앗 하늘에 뿌린다
신선 나무 한그루 자란다
가지가지 용이 되고
가지 사이를 봉황이 날아다니고…

리좀이야기

문뜩 중간에서 튀어나온 놈
꼬리도 대가리도 없는 놈
싸지른다 굴암돼지 옹배기 도랑물
싸지른다 지렁이도 호랑이도
싸지른다 나비도 복숭아도
싸지른다 돌멩이도 딱다구리도
문도 많아 사면팔방 나들이 문
들어온다 달이 불이 나무 소리개
들어온다 이들 별들이…
글들아 그냥 싸질러라
네 몸통에서 피가 보인다
그래도 문은 활짝 열려있어

- - - - - - - - - - - - -
최룡관:
1944년 1월 22일 출생. 중국작가협회 회원, 한국현대시인협회 회원. 연변일보 문화부 주임, 연변작가협회 부주석 역임. 「최룡관문집」 시집, 시론집, 평론집, 산문집 등 16권 출간. 준마문학상 등 수상.

몽유도원 (외 2수)

□ 박문희

아는 듯싶어 으시대는데
알고 보니 모르는 중
깨어있는 듯싶어 방심인데
깨고 보니 통잠중이라

순간 삶일진대
어이 완벽하게 살아낼꼬
바닥 드러낸 봇도랑
가치의 고민, 그 미련과 환상

돌담장 옆구리에 늘어진 배꼽
휘파람 한 마디 고파라
그 고픔 식욕으로 바꾸어
하늘을 뚝딱 베어 마신다

땡볕가린 가랑잎에 되살아난 시간
머리맡에 구겨져 있었나?
잘려나간 비너스 팔 베고 누워
먹은 하늘 새김질 한다

비상의 방정식

조약돌에 날개 피워낼 적 겨드랑이 통증에 호흡이 마비됐지만 그럼에도 보리싹눈 틔워 몰고 다니며 더는 들을 일 없는 노랫가락 접어 책장에 끼우고 늦가을 빨간 수면에 저녁놀 주어 담는 여유 즐겼다고

다리 밑은 헛디디기 좋은 낭떠러지 되돌아서기엔 늦었지만 내리꽂짐이 시작되자 놀랍게 풍화된 광경의 짭짤함에 주야장천 흥분했다고 거친 하강 와중에도 옆집 탈출한 슬픔과 비애 눈에 새겨 넣느라 땀동이 쏟았다고

저 길녘 사시나무 이파리들 소동 벌리며 요란 떨자 온 동네가 술렁 구멍 뚫린 간밤 밑바닥 치며 한없이 추락하던 찰나 근사한 길몽 무수히 꾸었어도 새벽 몽둥이 한방에 놀라 깨니 이상야릇한 망각의 풀피리소리 밖에 남은 게 없더라고

하지만 섬뜩한 전율과 동시에 조약돌 가라앉기에 반기 들며 느닷없이 위로 솟구치기 시작했다고 물과 바람 넘어 육신과 혼백 넘어 보풀 인 해와 달 숨소리 넘어 돌밭 꿈 통절한 감탄부 넘어 마침내 겨드랑이에 파릇파릇 날개 피워내더라고

땅거미 질 무렵

기울어진 호수 위를
저문 바람이 미끄러진다
천지신명이 덩치를 드러내면서
드살 센 바위에 이끼를 재우고 있다

동네 들머리에서 바라보니
장승들 어깨 겯고 늘어선 공간
절름거리는 다리로 애수의 기슭 떠나며
서까래 아래 기억 꺼내 달군다

짓푸른 상념 아물아물 먼 길 삼키고
놓친 무지개 아쉬워 하늘도 목메어 흐느끼는데
뜨거운 피돌기로 하루 사냥 거두며
잠기 가신 세월잔등 두드려준다

시간의 은사슬 치렁대는 그리움
반쯤 **빼**앗긴 생의 계절마다 옷 갈아입고
쓰르라미 우는 소리 작두 여물 써는 소리
한데 비벼 구수히 말아 피운다

박문희:

중국 길림성 용정시 토성포 출생. 연변대학 졸업. 선후로 연변일보, 길림신문에서 근무. 2016
년 《연변일보》에 시 <말똥거르기>(처녀작) 발표. 2017년 시 <우주의 방언> 제4회 윤동주문
학상 대상 수상으로 등단. 2018년 시집 《강천 여행 떠난 바람이야기》출간.

온천욕 (외 2수)

□ 전병칠

가을을 등에 진 나무들이
봄을 찾아 뛰어들었다
스모그 먹은 해가
첨벙하고 구름을 토해낸다
불로초를 찾는 진시황과
오동나무를 쫒던 봉황새가
황홀한 흘레를 한다
천년 거부기가 둥그런 알을 깐다

천지별곡

확-
하늘의 대문이 열렸다
웅녀가 유산으로 남기고 간
큰 정 한수 한 그릇

천지개벽의 진동
백두대간 가지에 앉아 숨 쉬는 소리
바람을 붙잡고 노래 부른다
신단수 아래 환웅의 질펀한 발자국
꽃을 어루쓸며 입술을 댄다

해와 달이 나체로 내려와
칠선녀와 함께 미역을 감고
벼랑에서 미끄러져 떨어지는 안개가
다시 구중천에 날아올라
톡톡 별들을 쪼아 먹는다

폭포를 거슬러 올라온
동해거부기
배가 만삭이다

탈출몽
―시의 방황

고리타분하다
탈출이라도 하고 싶다
서울로 갈가
평양으로 갈가
북경으로 갈가
아니면 런던으로 갈가
워싱턴으로 갈가

출렁출렁
강물이 흐르고
그 위로
찌그러진 나침판이
흐늘흐늘 뱃놀이 한다

동쪽에는 할멈 하나가
베틀에 앉아 헐헐 베를 짜고
서쪽에는 넥타이 맨 신사
아파트 베란다에 서서
쿨쿨 자고 있다

오른쪽에는 신불출이 앉아
버드나무가지로 세월을 묶고 있고

왼쪽에는 황진이가 서서
가위 들고 동짓날 밤을 베고 있다

양 한 마리
양 두 마리
양 세 마리

이번에는 소를 세여 본다
소 한 마리
소 두 마리
소 세 마리
수 백 마리 소를 세였는데도
여전히 잠들 수 없다.

생과 사의 교차로에
소와 양 서로 발차기를 하고
붉은 등 푸른 등 절룩거리며
길을 파헤치고 있다

쿨룩쿨룩
아침해가 눈썹위에 앉아
기침을 한다

전병칠:
1949년 9월 길림성 화룡시 출생, 연변대학 조문학부 졸업, 연변작가협회 회원. 연변시인협회
회장, 시집 「종려나무」, 「인류는 이제 한 가닥 진화만 남았다」 출간, 정지용문학상, 「시향
만리」 문학상, 「두만강여울소리」 문학상 등 수상 다수.

비 곁에 서서 (외 1수)

□ 박장길

모든 것이 낮아지는
비 오는 날 빗방울이
땅에 투신하면서 깨진다
클수록 더 세게
머리를 찧고 터지며
동심원을 그리는 빗방울

가볍게 올라갔다가
무겁게 내려오면서
긴긴 하늘의 머릿결을
오래오래 빗질하고 있다

수많은 물고기가
퍼덕이며 숨 쉬는 대지를
엎드려 끌어안고
가을을 물고 있는 여름에
그리움 두드리는 빗방울
저 비 울음소리

모든 것을 포기한 것 같이

하늘에서 뛰어내려와
나를 못질하며
지상에 쌓이는 꽃잎의 마음

수직의 빗금을 그으며
다리 긴 소나기 달리기를 한다
처마 밑 빗줄기주렴에 갇혀 서서
땅에 물채찍질 하는
구슬 같은 빗줄기 한단 묶어
마음의 한 켠에 세워놓았다

나사 풀리는 마음 동여매고
물회초리를 내리면서
정열 붉은 푸름으로 이순을 건너가리

온 세상을 채울 것 같이 비스듬히 내리며
내 앞으로 달려오는 빗방울
땅위에 피어나는 꽃잎의 발자국

무념의 벽

이마를 가로지나 주름살이
기러기로 날아가는 나래에
헌헌장부를 실어 보낸 하얀 노인이
신장에서 새벽을 꺼내 신고
미명의 어둠을 쓸어내며
새벽별을 가슴에 쓸어 담으며
빗질 한다 죽음으로 가는 길
이 땅 한 모퉁이 깨끗해진다

마음 부른 빛살무늬 토기 같은
순정한 싸리비 자국을 딛고
고무신발 같은 말씀이 걸어와
귀를 뜨고 마음을 뜬다
지순한 발자국을 신고
맨살로 땅을 숨 쉬고 싶다

한도 정이 되어버려 그리운
은빛 빛나는 머리칼 뒤로
가까이 따르는 죽음의 그림자
천하가 죽음 한 벌이다

모자람으로 넉넉함에 이르러
너른 하늘을 채우고

고요한 무념의 벽을 넘어
희망의 아침을 켜고 있다
자신에게 누릴 시간 찾고 있다

박장길:

　　1960년 2월 11일 출생. 중국 로신문학원 제11기 전국 중청년작가 고급연구반 수료. 중국작가협회 회원. 중국소수민족작가학회 회원. 중국 길림성 연길시조선족예술단 창작실주임. 정지용문학상 등 수상 30여차. 시집 "매돌", "너라는 역에 도착하다" 등 작품집 10권 출간.

밤의 까마귀·1 (외 1수)

□ 허동식

밤을 출범하여
밤의 막바지로 육박하는 까마귀는
캄캄한 바탕을 무시 한다
흔적이라는 언어를 무시 한다
밤의 깊이가 높이로 출렁이는
풍경과 이야기 속에
검은 그림을 휘두른다
명공明空을 즐기는 경험론으로
까마귀가 주장하는 회화미의 내실을
시행으로 기록하려면
호흡을 헐떡일 수 밖에 없다
오늘밤도 까마귀는
캄캄한 하늘을 캄캄한 목소리로 활보 한다
캄캄한 밤을 캄캄하게 날아가는
까마귀의 캄캄한 잔등에는
허둥대는 발악에는
검은 색조의 원초를 깨치려는
엉뚱함이 있다

까마귀·5

TV에서
남쪽나라에 폭우가 줄기차다는
뉴스가 중얼거린다
폭우가 쏟아지던 날
밤의 까마귀처럼 떠나간
그대가 그리워진다
이런 날 이런 시각이면
비에 젖은 까마귀처럼
그대를 마중하고 싶다
또는 훨훨 쫓아가고 싶다
비바람에 흔들리는 가로수 사이로
질척질척 달려가면서
한 마리 흑풍이
너의 령혼의 한 구절일가 춤사위일가
생각을 굴린다

허동식:
1966년 중국 연변 화룡 출생.
1990년 북경수도경제무역대학 졸업.
저작: 詩集 「무색여름」, 장편소설 「몽강진」 등 출간 다수.

겉잡을 수 없는 것들 (외 1수)

□ 방미화

누구나 자신의 형광막을 가지고 있었다
형광막들은 땅 위에서 질서 없이 비행하였다
그 안의 경직된 돌절망들
아무리 사망 신고 하려 해도
접수하는 자가 없다

우리가 경망해오던 해세포로
개종을 시작해야 할 때
해와 달의 수정란은
활화산의 수란관에 착상되어
번식을 멈추었다

만물은 가까스로 자멸의 근종을 떼어냈다
때로 아지랑이로 피어오르는 지평선 위에서 뛰놀기도 했고
때로 밑창 없는 허망의 심연으로 빨려 들어가기도 했다

눈앞의 반짝이는 모래성
바다 숨소리에 정신 잃는 야성
한 가닥 빛이 바위 뒤에서 뛰놀았다

공중세면실

24시간 전
18층 밖으로 혀를 내민 세면실에서
얼굴 털구멍에 박힌
진드기 없애려고
모공 청소기 돌렸다
돌릴수록 얼굴에 자국이 생겼다
자국은 점점 많아졌다
빨간 모래사장 되였다
바다를 덮쳤다
누구나 처음 보는 망각 폭풍
커튼 젖히고 눈을 떴다
반들거리는 뇌신경 우로 미끄러져갔다
품에 넣으려는 것들이 시야에서 삽시간 사라졌다
담벼락 위에 피여난 허물의 꽃
경직된 갈대 손에 말라붙은 힘딱지
까만 기대의 썩은 구멍으로 무너지는 모래탑
땅에는 아무 것도 없었고
유리집들만 공중에서
서로를 피해가며 운전하고 있었다
이끼 낀 상형문자들 우르르 떨어졌다
순간 호흡을 멈춘 왕관들만
눈 부릅뜬 채 그 자리에 굳어졌다
절육한 자들의 눈동자들 사처에서 굴러다녔다

선율이 비 내리는 밤
하얀 시간은 깨여난 것처럼 기지개 켜며
두더지 무리 속으로 끝없이 걸어갔다

방미화:
1982년 4월 출생.
연변대학 인문사회과학학원사회학과 부교수, 중국소수민족사 석사생 지도교수.
연변동북아문학예술연구회 회장. 중국조선족청년작가상, 리욱문학상 등 수상 다수.
시집 「나비의 사막」 출간.

바람 앞에서 (외 1수)

□ 김승종

세웠다 주루룩!
너겁, 나깨, 타천
서로
서로
서로
잘도 만난
점 점 점으로 떨어지는…

하지만
하지만
하지만
마침내 드러나는
윤곽 선문

티끌, 쭉정이, 알맹이
그 꼴놀림
세세히
몫 몫 몫

아희야―
이 텁썩부리는 항용 내 고향 죽림동 바람 앞에선 철부지 쭉정
이…

세월 속 너머

내 눈앞에서 분명히 걸어가고 있었습니다…

이 내 동공 속에 있던
새까아만 전족은
점점
흐릿흐릿 사라져가고 있었습니다…

바로 이 세월 속에서 열손가락 손톱눈 꼬집고 또 꼬집어봅니다…

꿈결에도 또렷또렷 내 고향 죽림동 울 엄마는
하얀 치마저고리에 하얀 겹버선과 하얀 코신 바람으로
딧동딧동 전족이 사라졌던 이 내 동공 속으로
사뿐사뿐 걸어 들어오고 있었습니다…

오―
그립고 그립습니다…
내 고향 죽림동 울 엄마들은 성스러운 하얀 "코신부대"…

김승종:
　중국 연변 화룡 두만강역 출생. 연변작가협회 리사. 연변정지용문학상 등 수차 수상. "삶"
등 시집, 론저 두루두루 출판.

꽃·11 (외 1수)

□ 윤청남

그 재주 하나 있어
옆집 아저씨와 완판 다르지요
그 재주 하나 있어
여자도 왕창 미인 끼고 살지요
그 재간 없어 봐요
그 꼴 천생 그늘에 치운 촌닭 상이지요
인물 잘 쓰고 말 잘하면 뭘 하나요
잘났다고 밥 주고 거두어주는 여인 봤나요
그 재주 없어 봐요
제까짓 어디에 가 고으며 살가요
그렇지 않나요
사는 데는 많은 것 필요 없지요

꽃·22

바닷물은 찍어
맛보면 되지
좋을 때 좋게
끝났으면 좋겠다
백일 못 피는게
꽃이 아닌가
천년을 산들
어떠랴
바람이 잘 때
지는 게 옳겠다
저물기 전
가는 게 옳겠다

윤청남:
1959년 생 출생. 중국 길림성 도문시 거주. 연변 정지용문학상, 심련수문학상, 해란강문학상,
<연변문학> 문학상, 한국 호미문학상 등 수상 다수. 대한민국 중고등 문학자습서에 시 "두망
강 돌멩이" 수록.

그저 그런 하루 (외 1수)

□ 김진이

가끔 그런 날이 있다

아무리 먹어도 배고픔이 가셔지지 않는 날
스쳐가는 바람 소리에 울음이 나는 날
마음이 낙엽마냥 바스러지고 날려가는 날
겨울이 더 이상 시리지 않은 날

노을 달려 선착장 삼켜버렸다
겨울의 초입에 걸터앉아
우리는 사계를 논한다
냄새가 풍요로워지고 색갈이 풍성해졌다

더 이상
나는 내가 아니었고
그렇다고
나는 그도 아니었다

떠오르는 태양에 숨통이 트인 날
난 그저 한 톨의 조그만 알맹이었다

우리가 사는 세상

사람의 말에는 힘이 있다
우리는 삶을 엮어가는 시인이다

행마다 련마다
꽤나 다정한 위로의 숨결이 숨어있다

연필 끝에 딸려오는 이야기의 무게는
시 한수로 감당하긴 벅차다

우리의 아픔은 우리말로 치유 된다
이게 우리가 살아가는 법이다

\-\-\-\-\-\-\-\-\-\-\-\-\-\-
김진이:
　　1999년 3월 출생, 소주대학 국제경제와 무역전업 졸업. 연변대학 세계학 석사. 연변동북아
문학예술연구회 회원. 리욱문학상 대상 수상.

우리 시대 빛나는 별…

한국 동시단의 대왕별 문삼석詩人과 그의 작품 연구

발제자: 유옥자, 조혜선, 김현순

문삼석詩人
(1941. 4~묘수)

주최: 중국 조선족시몽문학회　　일시: 2023년 10월 20일 오전 9:00~11:00　　장소: 연길시 황관혼례청 7樓 1厅

편집자의 말:

2023년 10월 20일, 중국 조선족시몽문학회에서는 「우리 시대 빛나는 별…」이란 테마로 오늘날 한국 문단의 대왕별 문삼석 시인과 그 작품세계에 대한 연구세미나가 있었다.

세미나에서는 김현순, 윤옥자, 조혜선 등 3명의 발제자의 기조발언이 있었는데 그 논문을 본호에 그대로 게재하는 바이다.

김현순:

■ 동심의 푸른 하늘을 닦아가는 시인
　－문삼석 시인의 동시세계를 열어 보이며

조혜선:

■ 관계의 미, 그 넓은 숲에서 뛰노는 동심
　－문삼석 시인의 동시를 읽고

김소연:

■ 동심을 길어 올려 세상을 살찌우는 시
　－문삼석 시인의 동시세계에 비추어

동심의 푸른 하늘을 닦아가는 시인

－문삼석 시인의 동시세계를 열어 보이며

□ 김현순

한국에서의 동시의 본격출현은 육당 최남선(1890. 4. 26.~1957. 10. 10)시인의 "해에게서 소년에게로"가 있은 후부터였다. 그 이후로 윤석중, 방정환, 강소천 등 많은 시인들에 의하여 그 맥을 이어 갔으며 후기에는 유경환, 박경용, 신현득, 김종상, 문삼석, 엄기원, 김완기, 박종현, 이상현, 정용원 등 많은 시인들에 의하여 더욱 활짝 꽃을 피우게 되었다.

그중 문삼석 시인은 한국 동시단에서 유년동시를 위주로 동시단의 큰 왕별로 자리매김을 하여 해내외에서 널리 그 이름과 작품이 알려지게 되었다.

동시는 무조건 동심의 팽창이어야 한다는 신조 하나로 한생을 불태워온 문삼석 시인의 동시작품은 오늘날 온라인, 오프라인을 통하여 세상 방방곳곳에 익숙히 알려져 있다. 문삼석 중한 대역동시집,

문삼석 영문동시집… 등 많은 책자들이 세상에서 빛발치고 있다.

그럼 문삼석 시인은 도대체 어떤 분이실까. 먼저 그 생평에 대해 간단히 요해하는 시간을 갖도록 하겠다.

문삼석―

1941년 전남 구례에서 출생, 구례남초, 구례중, 광주사범, 서울사대부설교원교육원, 전남대교육대학원 등에서 공부하였다. 전남, 광주, 서울 등지의 초·중·고등학교에서 40여 년 동안 교직생활을 하였다.

1963년 조선일보 신춘문예 동시 당선으로 문단에 나와 그간 동시집 「산골 물」, 「우산 속」, 「바람과 빈 병」 등 50여권의 책을 펴냈으며 대한민국문학상, 방정환문학상, 소천아동문학상, 윤석중문학상 등 많은 상을 받았다.

일찍 한국 계몽아동문학회 회장, 한국 아동문학인협회 회장, 국제 펜클럽한국본부 부이사장, 한국 동심문화원 원장 등 직책을 지낸 적 있는 시인은 지금 어린이들을 위한 글쓰기에 전념하고 있다.

한국 동시단의 거목으로서의 문삼석 시인의 동시작품과 그것이 보여주고 있는 동심의 세계는 구경 어떠한 것일까. 필자는 최근에 출간한 시인의 동시집 「나는 솔잎」에서만 몇 수 골라서 피력해보고저 한다.

1. 매개물의 표상과 속성에 대한 동심의 표출.

동시 <시골 오솔길>의 전문은 다음과 같다.

바람이 열면/ 풀잎은 닫지요// 풀잎이 닫으면/ 바람은 열지요//
열면 닫고,/ 닫으면 열고…// 하루 내 바쁜/ 시골 오솔길//

지극히 짧은 시이다. 이 시를 읽으면 시골길의 경상이 눈앞에 확
떠오르고 있다. 그러면서도 다정하고 친근하게 느껴지는 것은 거기
에 인간 삶의 속성을 용해시켰기 때문이다. "하루 내 바쁜/ 시골 오
솔길"은 열심히 부지런히 일하는 인간 삶의 모습을 떠올려준다. 뿐
만 아니라 "열면 닫고 닫으면 열리는""열고 닫고, 닫고 여는"가시
화된 움직임의 표현으로 절주 있게 꿈틀거리게 하였으므로 "시골
오솔길"을 진짜 생생히 살아 움직이는 것으로 동심을 최대한 살려
주었다.

유년기의 동심은 세상에 대한 인식과 이해로 어섯눈을 뜨는 단계
이다. 시인은 바로 이 점을 딱 틀어쥐고 시적 상관물을 예술적으로
표현하였는데 특히 "시골 오솔길"의 표상과 속성에 대한 이해에 포
인트를 맞추고 가시적인 능동성에 인성을 결부시킨 것이다. 여기에
시인의 놀라운 내공이 깃들어있는 것이다.

2. 가슴으로 이어지는 인간 사랑의 표출

마음은 밝은 면과 어두운 면을 동시에 가지고 있다. 인간은 밝은 면을 무한대로 확장해나가면서 삶을 가꾸어가고 있다. 이것을 긍정적인 자세라고 한다. 반면 어두운 면의 확장은 인간을 기로에로 끌고 나가며 나중에는 돌이킬 수 없는 나락에로 전락시켜버리게 된다.

우리가 사는 인류사회는 늘 밝고 긍정적인 사유로 세상을 공유해나가는 것이 근본으로 되어야 한다. 이러자면 어려서부터 마음의 지조를 굳건히 세워야 하며 그것은 동시문학을 망라한 예술작품에서도 의도적인 노력을 기울여야 한다. 이런 각도에서 문삼석 시인은 동시 "손을 잡고 간다"를 창작하지 않았나 생각이 든다.

「손을 잡고 간다」

손을 잡고 간다/ 꼬옥 잡고 간다/ 손을 꼬옥 잡고/ 소풍을 간다// 먼지 날리는 차들도 밉지 않다/ 꼬불꼬불 들길도 멀지 않다/ 귀밑 스치는 바람도 싫지 않고/ 어깨 누르는 가방도 무겁지 않다// 오늘은 즐거운 날/ 소풍 가는 날/ 손에 손을 마주잡고/ 소풍 가는 날// 꼬옥 손을 잡고 간다/ 순이 손을 잡고 간다/ 꼬옥 순이 손을 잡고/ 랄랄랄랄 소풍을 간다//

인간은 어려서부터 이기적 인간이 되지 말고 서로 도우며 함께하는 사람으로 육성하여야 한다는 이치를 보여주는 감칠맛 나는 동시이다.

이 시에서는 의도적으로 "손을 잡고 간다"라는 말을 일곱 번이나 거듭 반복함으로써 손을 꼭 잡듯이 서로서로 가슴으로 이어지는 사랑을 명기하고 그에 익숙해져야 함을 강조하고 있다.

하지만 시에서는 그런 도리 따위를 교조적이거나 직설하지 않고 "손잡고 소풍 가는" 즐거운 스토리에 용해시켜 자연스럽고 친절하게 보여주고 있다.

어린이들에겐 이래라 저래라 직접 훈계하면 반감을 사게 된다. 어린이에게도 인격이 있는 만큼 재미나는 스토리 장면을 펼쳐 보임으로써 스스로 감복되게 하는 것이 동시창작에서의 또 다른 절묘한 내공의 하나라고 본다.

문삼석 시인은 이 면에서 뛰어난 재치를 보여주고 있는 것이다.

3. 재미나는 생활의 편린들에 초점을 맞춘 시

작품 보기: 「초미세먼지」

미세먼지보다 작은 게/ 초미세먼지라구?// 작은 초미세먼지를/ 더 조심해야 한다구?// 형아!/ 들었지?// 난/ 초미세먼지다//

역시 짧지만 동심을 극도로 팽창한 수작(秀作)의 사례라고 볼 수 있다. 어리광스러우면서도 장난끼가 다분한 유치함이 동심의 주 특성의 하나로 되고 있다는 점을 우리는 다 알고 있다. 그러나 생활의 순간순간에 어리어있는 동심의 발굴은 그리 쉽지만은 않다. 늘 가슴 속에 동심을 간직하고 사는 자세를 갖추지 않고서는 도저히 스쳐 지나는 동심세계를 포착하기 어렵다.

평범한 삶이지만 또는 그보다 악렬한 삶이지만 동심 하나만 간직하고 있다면 세상엔 밝은 빛이 그득 차게 되는 것이다. 그러하기에 일제치하에 있던 고난의 년대에도 세상은 삶의 희망을 버리지 않고 어려움을 끝내 이겨내게 되었던 것이다. 이런 사례는 일찍 저항시인 윤동주시인에게도 있었다. 「아기의 새벽」, 「오줌싸개지도」와 같은 동시들도 그에 해당되는 작품들인 것이다.

문삼석 시인에게 있어서 이런 작품들은 부지기수이다. 그중 가장 대표적인 작품으로는 「바람과 빈병」, 「우산 속」과 같은 불세출의 작품들이 있다.

동시 「초미세먼지」의 경우는 바로 생활의 단면들에 초점을 맞추고 장난기 많으며 어리광스럽고 유치한 동심을 팽창시킴으로써 생활에 대한 무한한 열애의 정감을 보여주고 있는 것이라 하겠다.

4. 세상을 살아가는 바른 자세와 인성교육

오래전에 명화 한 폭을 본적이 있다. 그림은 숱한 새끼 게를 거느리고 엄마 게가 옆으로 걸으면서 새끼 게들에게 훈계하는 내용이었는데 그때 엄마 게가 새끼 게들에게 하는 말, "너희들은 바로 걸어라"였다. 그때 받은 인상은 오늘도 지워지지 않는다.

기실 세상을 살면서 인간은 늘 "아, 이렇게 살았어야 했는데…"라는 후회가 들 때가 많다. 그래서 다음 세대는 그렇게 살지 말기를 바라고 빈다. 오점으로 남은 자신의 경우를 생각해서라도 새 일대들에겐 바르게 가르치고자 조기교육을 중시하는 것도 오늘날 사회의 현상으로 부상되고 있다.

그런데 그 조기교육은 위에서도 언급했다 싶이 어린 세대에 대한 강요나 주입식이 아닌 감화교육이 필요하다. 그것의 가장 효과적 방법의 하나는 동시라는 예술형식을 빌어 재미나는 장면에 용해시켜 펼쳐 보이는 것이다. 그러면 독자들은 그로부터 감복되어 스스로 자신의 참다운 자세를 굳혀가게 되는 것이다.

문삼석 동시인의 동시 「당당한 이유」는 바로 이 점에 대한 훌륭한 사례 작품이 된다고 본다.

묵은 빛/ 비워내는 데에만 꼬박 보름// 새 빛 가득/ 채워 넣는 데만도 꼬박 보름…// 바로 그거야/ 저 보름달,// 밤하늘에 높이 떠/ 저리 빛날 수 있는// 당당한/ 이유//

동시 「당당한 이유」 전문이다. 보통 짧은 시로서 특징지어지는 문삼석 시인의 시이지만 이 시는 사람이 당당해지려면 그에 따르는 노력의 댓가가 따라야 한다는 철리적 내용을 달이 둥글었다 이지러졌다 하면서 빛을 비워내고 채워 넣는 현상을 빌어 보여주고 있다.

같은 값이면 다홍치마라는 말이 있다. 교훈적이고 철리적인 내용도 재미나는 동심의 노래도 들려주는 거기에 동시문학의 사명이 깃들어 있는 것이기도 하다.

이외에도 문삼석 시인의 동시작품에는 회화적 기법, 장면조합흐름과 같은 기법으로 된 작품들도 많지만 본고에서 필자는 상기의 네 가지 방면으로 국한하여 살펴보았다.

총적으로 문삼석 시인의 동시작품이 보여주는 동심의 세계는 동심의 제반 특성들을 구현함에 있어 남김 없으며 가장 순수하고 간결하며 형상적인 동심의 언어로 재미나게 구성되고 있어 모든 동심에 사는 사람들을 흥분의 도가니에 들끓게 하는 마력을 가지고 있다.

하기에 문삼석 시인의 작품은 전 세계 여러 나라에 널리 홍보되어 있는 것이라고 본다.

현재 중국 조선족시몽문학회와 20여년의 끈끈한 맥을 이어오면서 시인은 또 「동심컵」 한중아동문학상을 제정하여 20회에 이르도록 35명의 아동문학가들을 등단시킴으로 하여 한중아동문학의 발전에 마멸할 수 없는 공적을 쌓아왔다.

문삼석 시인의 동시작품과 그의 업적은 금후 더욱 찬란한 전설로 세상에 길이 남을 것이라는 것은 의심할 바가 없다.

관계의 미, 그 넓은 숲에서 뛰노는 동심

-문삼석 시인님의 동시를 읽고

□ 조혜선

햇빛과 공기와 바람, 꽃과 나비와 꿀벌은 서로 속성이 다른 사물이다. 하지만 햇빛과 바람과 공기의 영향을 받아 꽃이 피어나고 꽃향기가 풍기면 벌과 나비는 날아든다. 이 아름다운 장면 속에 강아지를 앞세운 귀여운 아이까지 함께 뛰논다면 어떨까. 한편의 숨쉬는 동화풍경화가 될 것이다.

이렇게 사물사이에는 서로 연관이 없어 보이면서도 실은 밀접하게 연관되어 있으며 이런 상관적 관계에 의해 다양한 아름다움이 연출 된다. 이런 관계의 찾기와 그 인자의 확인, 그런 장면에서 일어나는 감동을 발견해내는 것이 문학창작 아닐까?

그런 의미에서 볼 때 아기는 사랑이라는 관계학의 미적 산물이라 할 수 있다. 이런 어린이를 원천으로 그들이 가질 수 있는 순수하고 천진한 생각과 감정을 어른이 아이들의 시각이나 감성에서 써내는 것이 동시이다.

평생 동심에 잠겨 사시면서 아이들뿐 아니라 어른들까지도 즐겨 읽는 좋은 동시를 써내신 우리 민족 동시단의 거장, 문삼석 시인님의 동시를 읽으면서 그의 동시가 왜 그렇게 신선하게 읽혀질까 하는 그 이유를 옅게나마 감수로 적어보려 한다 .

1. 우선 맑고 밝고 깨끗한 이미지로 동심의 본질을 펼쳐 냈다

아래 시인님의 동시작품을 몇 수 들어 말해보자

동시 「이슬」 전문

풀잎 속에/ 숨는다고/ 누가/ 모르나// 맑은 눈/ 또랑또랑/ 뜨고/ 살면서…

시인은 풀잎 끝에 맺혀 있는 이슬의 참모습을 연상하게 하면서 이슬을 통해 하늘과 땅위에 '또랑또랑' '맑은 눈'으로 살아가는 어린이의 순수한 동심세계를 그려냄과 동시에 밝고 맑은 영혼의 이슬로 마음을 정화시키면서 이슬처럼 밝고 맑은 마음으로 살아가라는 메시지를 남겨주고 있다

동시 「산골물」 전문

하도/ 맑아서/ 가재가 나와서/ 하늘 구경합니다// 하도/ 맑아서/ 햇볕도 들어가/ 모래알을 헵니다//

이 동시에서는 아이의 시각에 안겨드는 너무나 맑은 산골물을 보여주었을 뿐만 아니라 그 밑바닥에 세상먼지에 오염되지 않은 맑고

순수한 시골인품을 노래하면서 산골물 처럼 맑고 장난기 많은 어린이의 동심을 그려냈다

동시「그냥」전문

엄만/ 내가 왜 좋아/ 그냥…// 넌 왜/ 엄마가 좋아/ 그냥…//

자연 속에 가장 순수한 것이 이슬이라면 사람으로서 가장 순수한 존재는 아기라고 말할 수 있다. 아기 앞에서는 모두가 즐겁고 마음이 순수해진다. 아기가 있음으로 해서 가정에는 웃음이 있고 기쁨이 샘 솟는다

특히 아기와 엄마의 관계는 무엇으로도 설명이 필요없는 원초적이고 본능적인 관계이다. 엄마의 뱃속에서 태어난 아기에게 엄마는 세상 전부다. 이제 옹알이를 하기 시작한 아기에게 엄마가 '왜 좋아' 하고 묻는다면 긴말로 말할 수는 없는 아가이지만 벌써 "엄마" 하면 행복한 웃음부터 피어나는 아가는 감성이 앞선다. 그러니 "그냥" 하는 옹알이 섞인 반응이 가장 아기다운 대답인 것이다.

이와 같이 시인님은 이슬, 산골물, 아기 등과 같이 자연현상가운데서 가장 맑고 밝고 순수하고 깨끗한 상관물로부터 그들의 외적표식이나 내적 속성을 틀어쥐고 이미지화함으로써 동심의 본질을 펼쳐낸 것이다.

2. 부정의 상태에서도 동심은 맑고 밝아야 한다는 사상을 펴냈다.

아래 동시「바람과 빈병」을 살펴보기로 하자.

바람이/ 숲 속에 버려진 빈 병을 보았습니다// -쓸쓸할 거야//
바람은 함께 놀아주려고/ 빈병 속으로 들어갔습니다// 병은 기분이

좋았습나다// -보오, 보오// 맑은 소리로/ 휘파람을 불었습니다//

숲 속에 버려진 빈병은 시각으로 보면 버려진 슬픔을 안겨줄 수 있는 장면으로서 친환경보다 오염의 어두운 그림자를 보게 한다. 시인은 맑고 밝은 시각으로 버려져 외롭고 쓸쓸한 빈병 속으로 바람이 들어가 빈병을 채우는 그 장면을 바라보았으며 벼려진 외로운 빈 병이라는 아이에게 함께 놀아주는 따뜻한 친구가 되어주는 바람의 이야기로 동시화 시켰다.

가정이나 사회생활 속에서 버려진 빈 병이 될 수 도 바람이 될 수도 있는 시점에서 서로 따뜻한 친구처럼 슬픔을 함께 나누고 위로가 되고 힘이 되어주는 것이 얼마나 바람직한가 하는 아름다운 생각을 갖게 하는 명시라 말하고 싶다.

이렇게 시인은 어떤 환경에서든지 자라나는 아이의 맑고 밝고 깨끗한 긍정의 면을 펴 보임으로써 긍정적인 사고를 통해 행복을 느끼게 하고 순수하고 아름답고 행복한 미래를 꿈꾸게 하며 긍정적인 가치관을 갖고 삶에 보람을 느끼게 하고 있다. 이런 의미에서 동시는 아이가 갖게 되는 오늘 그 순간의 심성을 이미지화 하는 동시에 성장하는 아이를 향한 밝은 미래지향성의 글이라고 역점 찍을 수 있다.

3. 주위 사물과의 넓은 관계 속에서 동심의 능동적인 특징을 그려냈다.

문시인님은 주위 환경과 인관과의 관계 속에서 유아기 동년기 아이들을 가까이 관찰하면서 밝은 시각으로 아이들의 끊임없이 발전하고 성장하는 동심의 능동적인 특징을 동시에 잘 담아냈다.

ㄱ. 가족과의 관계 속에서-동시「보글보글」전문.

늦은 밤 부엌에서/ 보글보글 보글보글…// 그게 무슨 소린지/ 넌 알겠니// 일 나간 우리 아빠/ 돌아오셨다고// 찌개 냄비 좋아서/ 노래하는 소리야//

늦도록 밤일 하다 돌아오신 아빠를 보며 기뻐하는 헴이 든 아이의 감성을 시인은 부엌에서 보글보글 끓고 있는 찌개 냄비에 감정을 개입하는 의인화의 수법으로 표현했다. 방글방글 웃고 있는 어린 아이의 모습이 보글보글 찌개 끓는 소리에 화음처럼 느껴오는 동시이다 시인이 주체가 되어서 동심을 언술하는 것이 아니라 어린이의 입장에서 동심이 감성 그대로 드러나도록 내버려둔 듯 시인의 의도가 엿보이는 동시이다.

ㄴ. 자연과의 관계 속에서-동시「우산 속」전문

우산 속은/ 엄마 품속 같아요// 빗방울들도/ 들어오고 싶어서// 두두두두/ 야단 이지요//

시인은 빗방울이 우산에 떨어지며 내는 소리 라는 착상을 틀어쥐고 자연현상과의 접촉에서 얻어진 아이의 생각들을 동시로 표현했다.
아기를 따뜻하게 안아 보살피는 가장 안전한 곳이 '엄마의 품속'이라 생각하는 아이이다. 그러니 우산에 떨어지는 "빗방울들도/들어오고 싶어// 두두두두/ 야단 이지요/"라는 표현은 온 세상을 따뜻하게 품어주는 엄마의 품속을 빗방울조차도 갈망한다는 아이의 천진하고 기특한 감성의 표현인 것이다. 이 외에도 동시 "봉투와 풀",

에서는 누나의 편지를 담고 입 벌리고 있는 봉투보고 입을 풀로 꼭 붙여놓는 풀의 행위로 남의 비밀은 지켜줘야 한다고 생각하는 아이의 마음을 표현했고, 동시 "산골물"에서는 가을을 맞아 얼굴이 빨갛게 단풍이 든 나뭇잎과 그런 단풍이 빨갛게 비춰져 있는 시내물과의 관계로 부끄러움을 탈줄 아는 동심의 성장하고 있는 모습을 표현했다

총적으로 짧고 간결하면서도 울림이 있고 기발한 상상 속에 소박한 삶의 철학을 깔아놓은 문시인님의 동시는 동심이 뛰노는 넓고 푸른 숲이다. 이 숲속에서 아이들은 별과 이슬과 냇물 같은 밝고 맑은 영양분을 섭취하며 자연과 사회라는 공간속에서 천태만상의 사물과 생명과 인간들과 가족이 되어 밝은 사랑으로 함께 하며 성장하는 것이다.

동심은 세상을 다스린다고 한다. 여기서 말하는 동심은 때 묻지 않은 순수한 어린이들의 심성을 말하는 동시에 사랑으로 밝은 세상을 만들어가려는 인간의 참 마음을 말하는 것이다. 동심회복운동의 선두에 서서 동시라는 찬란한 예술로 열린 글로벌시대를 열어가는 문시인님의 창작에 더욱 알찬 열매가 주렁지기를 기대하는 바이다.

동심을 길어 올려 세상을 살찌우는 시

―문삼석 시인님의 동시세계에 비추어

☐ 김소연

이른바 동심이란 어린이들만 가지고 있는 소유물이 아니다. 동심은 남녀노소에게 공동으로 존재하는 심리적 현상으로서 "어린이다운 심성"을 통틀어 동심이라고 한다.

따라서 아동문학이란 동심에 걸맞는 문학을 이르게 되며 동시란 동심에 걸맞는 시문학을 뜻하게 된다.

오늘날 아동문학의 독자대상은 어린이 주독자론으로부터 확장되어 모든 동심에 사는 사람을 포섭하는 것으로 이미 견해를 모으고 있다.

주지하는바 아동문학의 하위개념인 동시 역시 동심의 무한팽창의 산물로서 밝고 건전하고 투명하면서도 아름다운 시어로 화자의 정감세계를 긍정적으로 보여주는 문학의 한 형태라고 할 수 있다.

아동문학창작에서의 핵심적 관건은 동심포착이 선두적 과제로 나선다. 아무리 잘 씌어진 글이라 할지라도 동심에 포인트를 맞추지 못하면 그 글은 아동문학으로 될 수 없다. 따라서 동시는 동심의 찬란한 노래라고 말하게도 되는 것이다.

여기서 우리는 동심의 본질적 특성에 대하여 짚고 넘어갈 필요가 있다.

위에서 언급했다 싶이 동심은 "어린이다운 심성"을 통털어 아우르는 것으로서 맑고 밝고 천진, 유치성과 장난기와 과장과 환상의 특점을 가지고 있다.

이런 동심의 표현형태는 유아기와 동년기, 성장기의 청소년과 성인의 단계를 거치게 되는데 한국 동시의 경우 유아기의 동심에 초점을 맞추고 동심의 확장을 무한대로 끌어올린 대표적 시인이 있으니 그가 바로 한국동시단의 대왕별로 만천하에 빛 뿌리고 있는 문삼석 시인이다.

필자는 본고에서 유아기의 동심발굴로 세상을 풍요롭게 살찌워가는 문삼석 시인의 동시집 「몸 튼튼, 마음 튼튼」에 수록된 동시작품 몇 편을 조명해보는 것으로써 그 의의를 부여하고저 한다.

1. 사물의 표상내지 속성도 재미나게

유년기의 어린이들은 세상에 대한 인식 그 자체에 강렬한 흡인력을 가지고 있다. 무엇을 보든 "무엇인가", "어째서 그런가"라는 의문을 가지고 그것에 대한 답안을 찾고저 한다.

문삼석 시인은 바로 유년기의 이런 특성을 딱 틀어쥐고 거기에 상태부사와 환상의 기법을 적절하게 활용함으로써 상관물의 특성을 두드러지게 보여주고 있다.

보기 1:「놓치지 말고, 새겨 듣고」

남의 말/ 놓치지 말라고// 쏘옥!/ 나와 있는 귓바퀴!// 남의 말/ 새겨들으라고// 돌돌!/ 말려 들어가는 귓구멍//

보기 2:「맛보는 눈」

혀도/ 눈이지요// 맛보는/ 눈// 달고 쓰고/ 맵고 시고// 다/ 보여 주지요//

짧은 두수의 시지만 시가 담고 있는 내용은 자못 재미나다.

첫 사례의 시는 "귀"와 "귓바퀴"의 형태적 특점과 역할을 보여주고 있는데 "쏘옥", "돌돌"과 같은 재미나는 상태부사를 적절하게 넣음으로써 상관물의 이미지를 인식하는데 크게 도움을 주고 있다. 게다가 인생은 "남의 말 놓치지 말고, 잘 새겨들어야 한다"는 인성교육의 목적에까지 도달할 수 있어 더욱 돋보이는 명동시로 역점 찍게 된다.

둘째 사례의 시는 "혀"도 "눈"이라는 해학적 표현이 재미를 끌어올리고 있다. 보는 눈과 맛을 본다는 데서 "본다"는 어원의 발음상 공통점을 틀어쥐고 유치하면서도 천진난만한 동심의 경지를 높이 끌어올리고 있다.

2. 삶의 낭만 어린 편린들

동심의 세계는 어디까지든 밝고 생기와 노래로 충만 되어있다. 그러기에 어린이가 있는 세상은 희망이 넘쳐나는 것이다. 아무리 험악한 역경 속에서도 동심의 노래는 씩씩하고 기운이 넘친다. 동심의 눈으로 내다본 생활의 매 단편적 편린들마다 환상과 아름다움으로 충만 되어있다. 그래서 삶은 아름다워지는 것이다.

보기 사례 3: 「밥풀과 턱수염」

맨질맨질/ 아기 턱엔// 밤풀이/ 하얗고// 까칠까칠/ 할배 턱엔 // 턱수염이/ 하얗고//

보기 사례 4: 「누구를 기다리다」

누구를/ 기다리다// 늘어난/ 걸까// 목 빼고/ 서 있는// 학/ 한 마리//

역시 짧은 시이지만 생활의 화끈한 맛이 다분히 풍기고 있다.
<보기 사례 3>에서는 밥 먹고 난 아기와 할배의 "턱"과 그 "턱"에 말라붙은 밥풀에 초점을 맞추고 있다.
아기의 "턱"은 매끌매끌하고 할배의 "턱"은 까칠까칠 하다는 묘술은 생활을 사랑하는 동심의 풍요로운 세계를 그려 보이는데 한몫 크게 도움을 주고 있다.
여기서 아기와 할배를 이어주는 매개물은 밥풀, 그 밥풀의 색상은 "하얗다"는 것이 퍽 인상적이다. 읽고 나면 절로 웃음이 흘러나오는 재미나는 생활 장면이 아닐 수 없다.
<보기 사례 4>에서는 기다리다 기다리다 목이 길게 늘어났을 꺼라는 환상적 내용이 인상적이다. 동심의 시각이 아니고서는 도저히 상상해낼 수 없는 내용을 수식 없이 진솔한 언어로 보여주고 있다.
학의 목은 길다. 일상에서는 그냥 학의 목이 길면 길구나 하겠지

만 동심의 세계에서는 누구를 기다리는 것으로 상상의 높이를 끌어올리고 있다.

혼자 있는 시간은 심심하고 고독하다. 함께 놀던 친구나 지인을 기다리는 인간의 간절한 심정이 맞혀오는 대목이기도 하다. 한수의 짧은 시에 이런 심성을 낭만어린 시각으로 보여준다는 것은 그리 쉬운 일은 아닐 텐데 말이다.

3. 장난기가 삶을 즐겁게 한다

어린이는 장난기가 심하다. 무엇을 봐도 장난기가 쉽게 발동하는 것이 동심의 세계다. 험악한 인생에 유머와 해학이 없이 정색해서만 산다면 쉽게 질려버리게 된다. 먼 길 달리는 말은 달리다가 풀도 뜯고 물도 먹는다. 인생의 풀과 같고 물과 같은 존재가 바로 유머와 해학이다.

삶의 조미료가 되는 장난기 어린 유머와 해학의 진미가 동시라는 예술영역에도 적시적으로 적용되어야 동심의 하늘이 더욱 찬란하게 빛을 발산하게 되는 것이다.

문삼석 시인의 동시는 이런 특성도 잘 살려내고 있어 세인들이 본받을만한 귀감으로 되고 있다.

보기 사례 5: 「침이 먼저」

맛있는 걸/ 보면// 침이 먼저/ 꿀꺽!// 맛도/ 보기 전에// 제가 먼저/ 꿀꺽!//

보기 사례 6:「눈치 없이, 염치없이」

배가 고프면/ 뱃속이// 눈치 없이/ 꼬르르륵!// 배가 부르면/ 배꼽이// 염치없이/ 꼬르르륵//

<보기 사례 5>에서는 맛있는 걸 보면 참지 못하고 군침부터 삼키는 생활을 해학적으로 그려낸 작품이다. "침이 먼저 꿀꺽", "제가 먼저 꿀꺽"이라는 표현은 참을성 약한 어린이들의 성급한 동심의 발로를 적나라하게 보여주었으며 <보기 사례 6>에서는 배고플 때와 배부를 때의 삶의 경상을 "꼬르르륵"이라는 상태부사를 각이하게 사용함으로써 그 상황을 해학적으로 잘 보여주었다.

짧은 편폭 속에 하고 싶은 말을 충분히 다 할 수 있으며 그것을 또 해학과 유머로 삶에 조미료를 던져주는 그 기량이 자못 돋보인다.

4. 바른 자세 바른 인생 심어주기

살면서 바른 자세로 바른 인생을 살아가는 것이 사뭇 중요하다. "세살 적 버릇이 여든까지 간다"는 말이 있다. 하기에 인류는 조기교육을 최우선의 순위에 놓고 있다. 동시를 창작하는 시인은 동심의 순결무구한 세계를 아름답게 펼쳐 보이는 한편 동심을 바른 길로 인도해나가야 하는 사명감도 함께 지니고 있다.

이것이 자유분방한 성인시와 동시를 구별이 되게 하는 특성으로도 된다. 문삼석 시인은 이런 사명감을 담뿍 지닌 시인으로서 삶의 노래를 뜨거운 심장으로 엮어가면서 동시라는 예술형식을 빌어 세상을 올바르게 이끌어가고 있는 것이다.

보기 사례 7: 「똑바로 얹혀야」

발등에/ 똑바로 얹혀야// 공이/ 똑바로 날아가지// 발등에/ 힘이 실려야// 공이/ 멀리 날아가지//

지극히 짧은 동시이다. 하지만 매사에 열심히 정확하게 노력으로 임해야 함을 계시해주는 내함을 "공"을 차는 행위를 빌어 우회적으로 보여주고 있는 것이다. "똑바로 얹혀야"는 정확한 자세를 갖추어야 함을 이르는 말이며 "힘이 실려야"는 노력의 중요성을 시사해주고 있는 것이다.

동심의 경지는 이처럼 다채롭고 풍요하지만 삶을 살아가는 자세는 시초부터 잘 다져야 금후 바른 인생을 맞이해올 수 있다는 섭리로 관통되어있는 잘된 동시라 하지 않을수 없다.

총적으로 문삼석 시인의 동시는 짧고 간결하면서도 세련된 동심의 시어로 무진장한 동심세계를 파헤쳐 그 속에서 자양분을 끌어올려 세상을 풍요롭게 살찌우고 있는 것이다.

오늘날 한국 동시단의 대왕별로 손색이 없는 문삼석 시인의 동시세계를 일별하면서 동심으로 열어가는 시인의 금후 창작이 세상에 더욱 빛발치리라는 것을 확신해마지 않는다.

「수필, 소설」

리문혁   손홍범   손예경

특선수필

리문혁/ 귀뚜라미와 손잡고 읊조리는 고향
손홍범/ 안개속의 고향마을

특선미니소설

손예경/ 샹그릴라

귀뚜라미와 손잡고 읊조리는 고향

□ 리문혁

"무더위의 상징"인 매미소리가 사라지는 계절, 눈이 부시게 푸르른 가을이다.

가을을 여는 9월은 축제의 계절이다.

건교 70주년 기념행사에 참석하기 위해 젊은 꿈을 불태웠던 모교를 찾았다.

"선생님 들창가 지날 때마다"이란 노래를 열심히 불렀던 정겨운 교정, 함께 뛰 놀던 운동장, 풋풋한 첫사랑 속삭이던 가로수, 어디라 할 것 없이 청춘으로 들먹이던 그 시절이 눈앞에 선히 떠오른다.

"선생님, 안녕하세요?"

"반갑다, 친구야"

이틀 동안 소중한 시간을 보내며 사생 정, 학우 정을 만끽하는 것도 잠시, 그 다음날 나는 고향마을로 발길을 옮겼다.

푸른 하늘 아래 황금파도 출렁이는 논밭을 지나 마을로 들어서자 연분홍, 하양 그리고 빨강… 코스모스가 수줍은 듯 고개를 살짝 비탈며 환한 미소로 나를 반겨주고 있었다. 그 뒤로 이름 모를 야생화들도 뒤질세라 앞 다투어 까르르 달려 나오고 있다.

황금벌판을 지키고 선 허수아비, 그 위를 무리지어 날아가는 참새들, 코스모스에 살풋이 내려앉은 잠자리 날개에 아롱진 무지개도 비끼어 있다…

어린 시절 개구쟁이 또래들과 함께 뛰놀던 고향풍경이었다.

고향이라 하지만 인젠 몇 안남은 아낙들이 넉넉한 마음을 담아 푸짐히 한상 차려 주었다.

정성들여 장만한 음식은 고향의 맛 그 자체였다. 고향의 강 나림하에서 잡은 미꾸라지며 붕어 그리고 김이 모락모락 피어오르는 찰진 옥수수며 고소한 쌀밥… 모두가 타향에서 가끔씩 꿈에서 그리던 정겨운 것이었다.

"음식은 정성이다"라는 말도 있다. 동네 아낙들은 나를 꼭 마치 친정식구들을 대하듯 그릇마다 듬뿍듬뿍 반찬들을 푸짐히 담아주었다. 어릴 적 먹었던 엄마의 손맛이 그대로이다.

사람들은 어릴 적 입맛을 평생 간직한다고 한다. 입맛 돋구는 감칠맛에 저도 몰래 입가에 행복이 흘러넘친다.

나림하, 나림하는 청정지역 백두산맥 장광재령에 뒤덮인 설산이 발원지다. 물량이 많고 수질이 좋아 나림하 일대에선 유명한 오상쌀 "도화향"을 재배할 수 있었다. 비옥한 흑토를 굽이굽이 흐르는 나림하는 미네랄이 풍부하여 논농사를 짓는 농부들의 생명의 젖줄이었다. 나림하 물로 수확해낸 <오상쌀>은 국제쌀축제에서 금상을 받을 만큼 중국의 명품이며 오상의 브랜드로 자리매김하고 있었다.

식사를 마친 후 나는 조용히 밖으로 나왔다.

한낮에는 더위가 아직도 기승을 부렸지만 저녁 바람은 이미 서늘한 가을이다. 옷깃과 살갗 스치는 가을바람이 고향에도 가을이 왔음을 실감케 한다. 폭염과 함께 밤낮없이 울어대던 매미소리도 소곤소곤 조용히 속삭이는 풀벌레 소리로 바뀌어간다.

계절의 변화는 그래서 아무도 멈출 수 없는 자연의 섭리라고 하는가 보다.

찌르르 찌르르…

새벽녘 정겹게 들려오는 소리에 눈 떠보니 처음에는 한두 마리가 노래하던 것이 좀 지나 뜰안 여기저기로 울려 퍼진다. 그런대로 귀 기울이다보니 재미있는 현상이 나타났다. 처음 한두 마리가 울 때에는 소리가 제 각각이던 것이 여러 마리가 노래하기 시작하면서 신기하게도 박자와 음색이 약속이나 한 듯 저절로 맞춰지는 것이었다. 꼭 마치 지휘자가 합창단 지휘 하 듯 너무나 일치하게 울려 퍼졌다.

나는 눈을 지그시 감고 저도 몰래 그들의 노랫가락에 맞춰 콧노래를 흥얼거렸다. 그렇게 절실하게 들려오는 애절한 노래소리에 그만 푹 젖어버렸다. 마치 오랜만에 고향 찾은 나를 쓰다듬어주면서 타향에서의 향수를 씻어주는 것 같았다. 고향의 정취에 흠뻑 빠져 한껏 취해버리라고 달래려는 것이 아닐까 싶었다. 타향에서는 좀처럼 느껴보지 못하는 애틋한 음률이다.

"귀뚜라미가 기운차게 노래하는 걸 보니 오늘 밤도 따뜻하겠구나"

어릴 적 외가집에 놀러 갔을 때 외할머니가 하시던 말씀이 떠오른다.

초가을에 큰 소리로 노래하던 귀뚜라미는 늦가을로 갈수록 그 소리가 작아진다. 귀뚜라미 체온은 항상 주변 온도와 같다고 한다. 그리하여 "귀뚜라미가 힘차게 노래하면 따뜻하다"는 고향마을의 속담이 있었다. 가을의 기온과 기후특성을 동물들의 움직임으로 터득해낸 조상들의 지혜가 느껴진다.

예로부터 귀뚜라미를 "촉직"(促织)이라고 불렀다. "귀뚜라미가 울면 게으른 아낙이 놀란다"는 것이다. 겨울을 나기 위해 여름철에 부지런히 길쌈해야 할 아낙네가 마실이나 다니며 실컷 게으름을 피우다 가을 알리는 귀뚜라미 소리에 그제서야 무릎을 탁 치며 "앗차~!" 한다는 것이다. 그리하여 중국에서도 귀뚜라미를 "직낭"(织娘)이라고도 한다.

언제나 그렇듯 풍성하고 고운 빛갈로 단장시킨 가을을 조심스레 넘겨주는 귀뚜라미는 또한 고향에 대한 그리움의 상징이기도 하다. 귀뚜라미 소리, 풀벌레 소리가 울려 퍼지는 곳이 고향이다. 그 노랫

소리는 향수에 젖은 이향민의 심금 달래주는 추억의 멜로디인 것이다.

나는 가끔씩 마음 한구석에 공허함을 느낄 때가 있다. 고향을 떠나 북극성, 달빛마저 잊어버린 머나먼 타향 도시에서 매일과 같이 콘크리트 성벽 사이를 누벼가며 마음마저 지쳐가고 있을 때가 있다. 그러나 그나마 꿈속에선 고향의 싱그러운 풀내음새와 다정한 풀벌레소리가 있어 위로를 느낄 때가 많다. 그때마다 나림하 강변의 버드나무 그늘에서 버들피리 꺾어 불며 풀벌레와 합창하던 그 시절을 늘 그리워하군 했었다.

뀌뚤~귀뚤!

귀뚜라미의 정겹고 구수한 노랫가락이 저 멀리 지구촌 방방곳곳에 울려 퍼질 날이 오기를 갈망해본다.

낙엽귀근의 이 계절, 귀뚜라미와 손잡고 함께 뒹굴고 노래 부르며 한 잎 단풍이 되어 달아오른 꿈 식혀가고 싶다.

오동잎 한잎 두잎 떨어지는 가을밤에
그 어디서 들려오나 귀뚜라미 우는 소리
고요히 흐르는 밤의 정막을
어이해서 너만은 싫다고 울어대나
그 마음 서러움을 가을바람 따라서
너의 마음 멀리멀리 띄워 보내 주려무나…

리문혁:
　　1966년 7월 4일 출생. 중국 흑룡강성 오상사범학교 졸업. 1984년 「장백산」 문학지에 처녀작 "교정의 종소리" 발표. 2013년 1월 10일 "짝 잃은 계절"로 "연해문학"상 당선으로 등단. 중국 산동성 청도조선족작가협회 회장. 한국문화교류협회에서 한국해외문학상 대상 등 다수.

안개속의 고향마을

□ 손홍범

내 고향 량수벌은 좀 특이하게 생겼다. 조선족 부락은 거개가 북쪽으로는 산기슭에 남쪽으로는 강을 두고 있다. 그런데 량수마을은 북쪽은 높이 쳐다보이는 언덕이고 언덕에 올라서면 넓은 벌이고 멀리 북쪽을 바라보면 그제야 산이 나타난다.

교원사업을 할 때 유람으로 장백산아래 첫 동네란 숭선으로 간적이 있다. 그곳 지형이 량수와 같았다. 량수도 장백산천지 주위의 마을 지형이 아닐까?

언덕에 올라서면 드넓은 량수벌이 한눈에 안겨온다.

동쪽 켠은 살구꽃에 잠겨있는 영화촌이라고 부르는 마을이다. 해마다 꽃철이면 수많은 유람객의 발목 잡는다. 연변의 유명한 화가 림천의 유화작품에도 많이 오른 곳이다

남쪽 유유히 흐르는 두만강 위에는 허리가 동강난 대교가 엎디어 있다. 전쟁시기에 고향이 겪은 무시무시한 사건을 견증해주는 어디서도 보기 드문 유물이라 하겠다. 지금은 관광명소로 무수한 관객을 불러오고 있다.

서쪽을 바라보면 유서 깊은 두만강이 기나긴 세월, 모래를 날라 쌓아 만든, 눈뿌리 시게 아득히 펼쳐진 만경대벌이다. 량수의 곡창이라고 할만하다.

량수마을 풍경은 또 어떠하더냐!

이른 아침 마을 뒤 높은 언덕위에 올라서면 발아래로는 넘실거리는 흰 안개바다가 펼쳐진다. 량수마을과 마을 앞 푸른 논 어데라 없이 흰 비단 같은 안개에 잠겨 보일 듯 말듯하다.

그 무엇으로 형용하랴. 몽롱미를 자랑하는 그 모습 . 너울 쓴 첫 날각시마냥 어여쁘기만 하여라!

안개속의 집집마다 울바자엔 나팔꽃이 피어나고 열콩이 주렁졌으리라. 뜨락마다 노란 호박꽃 피고 파란 오이 드리우고 푸른파 이슬에 젖었으리. 밤새로 익은 토마토는 포기마다에 매달려 빨간 얼굴 자랑하며 코흘리개 아이들을 기다리고 있으리라.

한집 두 집 굴뚝엔 파란 연기 모락모락 피어오를 때 마당에서도 풍놋불 피기 시작하리라. 강아지는 허리 늘구며 채석에서 내려오고 병아리들은 울바자 밑에서 벌레 찾아 삐악거리리.

아. 안개속의 고향마을아. 너는 기지개 켜며 잠을 깨는 내 사랑의 여인마냥 신선하여라!

아, 고향마을. 안개속의 고향마을아, 너는 어찌하여 이다지도 어여쁘더냐!?

나는 구라파 철학가 스피노자의 윤리학을 읽은 적이 있다 .

그 책에는 사람의 정감에 관하여 기하학적 공식으로 수십 개 종목으로 나누어 언급 했는데 그 가운데 이런 공식이 있다

한 사람이 다른 한사람이 자기를 사랑한다는 것을 알고 있는데 무엇때문에 자기를 사랑하는지 모를때에는 모름직기 그 사람을 사랑하게 된다

그렇다. 맘속에 품은 사랑의 이유를 모를 때이다. 그러니 연인의 깊은 맘속이 똑똑히 보일 때 보다 알릴 듯 말듯 몽롱하게 보이면 상상의 꽃너울에 감겨 더 아름다워 보이리라. 안개속의 고향마을도 그와 같이 신비롭다 하리라.

그럼. 연애중인 그대라면 더 열광적인 사랑을 받고 싶지 않은가? 만일 그렇다면 그대는 사랑하는 사람이 무엇 때문에 자기를 좋아하는가고 묻는다면 그 속마음을 흰 안개로 가려두시라. 알려주지 말

고 그냥 미루어 보시라.

—결혼식을 올린후 알려드리겠어요.
—아기를 낳은 후 이야기 하지요.
—아이가 대학간 후 보자요.
—아이가 결혼한 후 털어놓지요.

또 마지막 영이별을 앞두고는 "이 못난 나 하나만 믿고 끝까지 살아온 바보 같은 사람아. 내가 어디가 좋았어?"라고 묻는다면 그대는 어떻게 대답하시려나.

—모르겠어요. 그냥 저냥 좋았서요. 저 세상 가서도 당신과 함께 있고 싶어요 !

그리고 천천히 눈을 감으면 아아…
죽음도 갈라놓지 못하는 사랑을 두고 목석인들 그 어찌 마음이 찢어지지 않으랴. 어느 누가 말했던가! 사랑은 눈물의 씨앗이라고.
그대여, 사랑의 유를 굳이 찾아 무엇하랴! 까닭을 모르고 이유 없이 그냥 사랑하는 것이 참사랑이리라. 신비로움을 죄다 알고 싶어 애타는 마음, 그 마음이 바로 참사랑이리라.
아. 고향마을아. 너는 내 사랑. 내 여인! 부디 길이길이 예뻐다오. 꿈에만 보이지 말고 내 앞에 신기루로 나타나다오. 그러면 이 내 마음 천방지축 네 품에 얼싸 안기리라. 그리고 오래오래 흐느끼리라. 이 가슴 후련하도록.

- - - - - - - - - - - - -
손홍범:
    1952년 7월 4일 출생. 연변사범학원 일본어 전업 졸업. 연변대학 중문전업 졸업. 초급중학교 일본어 교수참고서 세권 편찬. 중조한일 통용자전 합편. 산문 소설 시평 시 시조 등 문학작품 발표 다수. 중국 조선족시몽문학회 회원. 중국 연변작가협회 회원,

샹그릴라

□ 손예경

벚꽃이 구름처럼 피어나는 봄날, 상춘객들이 도로가 미여지도록 밀려 다녔다. 몫 좋은 곳에 위치한 식당 하나가 개나리와 벚꽃 사이로 간신히 간판을 내밀고 대목을 맞아 손님을 끌어 들이고 있었다. 덩달아 꽃물 든 복무원이 상큼하게 손님을 맞았다.

"어서 오세요!"

한눈에 봐도 심상치 않은 손님이 가게 안을 빙 둘러 보다가 주방 쪽을 향해 시선을 멈추더니 핸드폰으로 찰칵찰칵 사진을 찍어댔다.

"메뉴 중에 '샹그릴라' 가 있죠? 그거 하나 부탁해요!"

십대 모자를 겨우 벗었을까싶은 햇내기의 표정에 왠지 경건함이 묻어나고 있었다.

"네, '샹그릴라'는 저희 식당의 특선 요리죠. 주문 감사합니다!"

"잠간!"

돌아서려는 복무원을 불러 세운 손님이 다시 부언을 달았다. 자신은 채식주의자이기에 해물과 육류를 넣으면 절대로, 절대로 안 된다고 했다. 당황한 복무원이 재료를 임의로 선택하는 것은 불가하며 이것은 주방장이 고수하는 아집이기도 하고 이미 가게의 전통으로 되어있다고 진땀을 빼며, 그러나 아주 완곡하게 설명을 했다.

더군다나 "샹그릴라"는 주방장의 명예를 걸고 십여 년간 연구 개발하여 야심차게 내놓은 왕좌메뉴인데 염장을 지르려고 작정을 하지 않고서야 누가 감히 이 요리에 태클을 건단 말인가?!

복무원은 이 도고하고도 천방지축인 아가씨를 할기족거리며 불같이 화를 낼 것이 틀림없는 주방장에게 곧이곧대로 일러바칠 수도 없고 해서 어쩔 바를 몰라 서성대기만 했다.

주방에서 요리를 하면서도 오픈 유리창 너머로 이 광경을 놓치지 않고 주시하고 있던 주방장(사실은 성격 한번 까탈스러운 <해>사장님)이 어느새 성큼성큼 걸어와 진땀을 빼고 있는 복무원을 한쪽으로 밀쳤다.

"손님은 바꿀 수 있어도 요리를 제멋대로 바꿀수 는…"

그런데 웬일, 푸르딩딩해서 이 심상치 않은 손님과 한판승을 지으려던 <해>사장이 껄끄러운 말도 서슴치 않고 내뱉던 그 입을 다물어 버리고 꿈꾸듯 넋을 잃은 표정으로 아가씨를 바라보며 뒷말을 이을 념을 않고 있었다.

"조금만 기다려 봐요…"

<해>사장의 입에서 생뚱 같은 말이 튀여 나왔다. 이렇게 순식간에 근 이십년의 금기를 깨버리고 만다는 것인가?!

<해>사장은 최면에라도 걸린 사람처럼 바른손 식지로 원을 그려가며 "샹그릴라" 채식버전을 재현할 최적의 상태로 자신을 몰아가고 있었다.

재료 몇 가지 바꾸어 "샹그릴라"를 재구성하는 것, 솔직히 수없이 타협하며 마음속으로 갈망했던 일이 아니었던가?! 사랑하는 사람을 떠나보내고 근 이십년을 후회하고 뉘우치며 제발 다시 한 번만 기회를 달라고 허공에 대고 빌며 갈구하던 일이 아니었던가?

삽시에 머릿속에서 익을 대로 익혀진 래시피가 백촉짜리 엘이디 전광판처럼 눈부시게 떠오르는 것이었다…

그녀는 그의 전부였다. 샹그릴라로 꿈의 여행을 기획하던 그날 <해>는 그동안 온양했던 작품을 <월>이에게 선보이며 프로포즈를 했다. 요리과정이 조금 복잡하긴 했지만 재료의 조합이나 촉촉하면서도 아삭한 식감까지 덧붙이며 새콤달콤한 환상의 맛까지 절대적 하모니 연출을 그려 보이며 <해>에게 자신감을 한껏 부추겨 주었다.

"월이야, 나만 믿고 따라줘. 우린 이제 무조건 부자가 되는 거야! 행복하게 해줄게…"

그러나 그날 무엇이 어디서부터 어떻게 잘못되었는지 <해>는 그후 근 이십년을 안개 속에 갇혀 지낼 수밖에 없었다. 결과부터 말하자면 <월>이는 그날 짐을 싸들고 나가서는 다시는 <해>의 앞에 나타나지 않았던 것이다. 친구들과 친척들을 다 찾아다니며 수소문 했지만 모두 헛수고였다. 그날 이후 해는 지독한 불면증에 시달릴 때마다 그날의 일들을 되새겨 보군 했다. 육식을 꺼리는 사람도 배려해야 한다는 주장을 해서 잠간 논쟁이 있긴 했지만 그만한 의견 충돌이 생별도 불사할 만큼의 이유가 될 수 있단 말인가가? 그리고 새 출발을 하면 아기부터 갖자고 하는 바람에 그건 절대로 안 된다고 못을 밖았던 것도 기억이 난다. 아이를 먼저 덜컥 낳고 나면 창업은 언제하고 가게는 어느 세월에 키우며 사랑의 보금자리는 또무엇으로 틀겠는가 말이다.

<해>가 설득을 하기 위해 열변을 토하는 사이, <월>이의 예쁜 속눈썹이 기운을 잃고 내리 깔리던 모습도 어렴풋이 떠오른다. 하지만 그것 역시 둘만의 행복을 위함이 아니었단 말인가? 그러니 헤어질 이유가 될리 만무하다. 뒷북을 치는 꼴이긴 하지만 지금이라면 절대로 그런 착오는 범하지 않을 것이라고 <해>는 생각했다.

사랑하는 사람이 곁에 없다면 억만금을 손에 쥔들 무슨 소용이

있으며 빌딩을 소유하고 있다고 한들 마음속 허기를 어찌 채울 수가 있겠는가 말이다.

(영화에서나 가능하지… 엄마와 딸을 한 배우가 연기하면 피치 못하게 똑같은 얼굴이 연출되긴 하지…)

<해>사장은 천방지축 앳된 손님한테서 이십년 전 <월>이를 발견했던 것이다!

해는 구름 위를 걷듯 황홀함을 감추지 못하며 이십년을 머릿속에서 숙성시킨 결정체로 결국 이렇게 완성한 작품을 자신이 손수 써빙하였다.

"혹시…"

"포장 좀 해 주시겠어요? 이 요리는 저의 어머니가 부탁한 거 거든요."

물으나 마나 답은 이미 정해져 있지 않으냐는 듯 아가씨는 새초롬하니 자기 할 말만 해버렸다.

서운한 생각이 들 법도 하련만 <해>사장은 오히려 감격해하며 희떱게 아가씨의 이목구비에서 자신을 닮은 데가 없나 살피다가 혼자말로 중얼거렸다.

"'마음속의 <해>와 <달>이 드디어 완성이 된 것 같구나!"

손예경:
중국 조선족시몽문학회 회원.
「동심컵」중한아동문학상, 세계동화문학상 등 해내외 문학상 수상 다수. 종합문학작품집 "크리스마스와 추운 갈대" 출간.

편집후기

中國 朝鮮族複合象徵詩同仁會와 中國 延邊朝鮮族自治州朝鮮族兒童文學學會가 합병되면서 원유의 「아동문학샘터」文學誌와 「詩夢」文學誌가 통합되어 「詩夢文學」誌로 거듭난 지 2년 세월이 흘렀다.

본문학지가 한국에서 굳이 출간되는 이유는 중국 국내의 막중한 출간비용을 극복하기 위한 것도 있지만, 조상의 얼이 숨 쉬는 한반도를 중심으로 세계전역에 「詩夢文學」의 정신을 널리 기리고저 함이다.

본호에 기획조명으로 한국 동시단의 대왕별－문삼석 시인의 동시작품에 대한 연구논문을 싣게 되어 기쁘다. 20여년간 중국 조선족아동문학에 큰 성원의 박수를 보내주신 것에 대한 고마움도 함께 담아보았다.

한국 쉴만한물가작가회와 중국 조선족시몽문학회가 처음으로 한국 서울에서 「한중 상징시연구세미나」를 펼쳤다. 이는 한중 상징시 발전에 큰 밑거름으로 거듭나게 될 것이다.
본호에는 한국 쉴만한물가작가회 詩특집도 함께 게재하여 한중 양국의 문학교류에 보탬이 되고저 했다.

시몽문학회 동인들 작품과 더불어 「다른 풍경선」이란 타이틀로 조선족시단의 각이한 유파의 대표적 시인들의 작품과 아동문학 작가, 시인들의 작품도 실었다. 주옥같은 글을 선물해주신 여러 작가, 시인님들께 감사드린다.

(주간, 발행인)

詩夢文學

(2024년 통권 제8호)

초판인쇄 2024년 1월 15일
초판발행 2024년 1월 15일
지은이 중국 조선족시몽문학회
펴낸이 채종준
펴낸곳 한국학술정보㈜
주소 경기도 파주시 회동길 230(문발동)
전화 031) 908-3181(대표)
팩스 031) 908-3189
홈페이지 http://ebook.kstudy.com
전자우편 출판사업부 publish@kstudy.com
등록 제일산-115호(2000. 6. 19)
ISBN 979-11-6983-791-0 03810